福

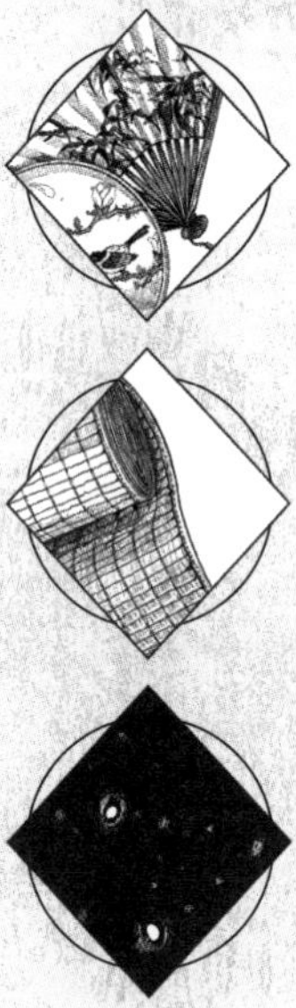

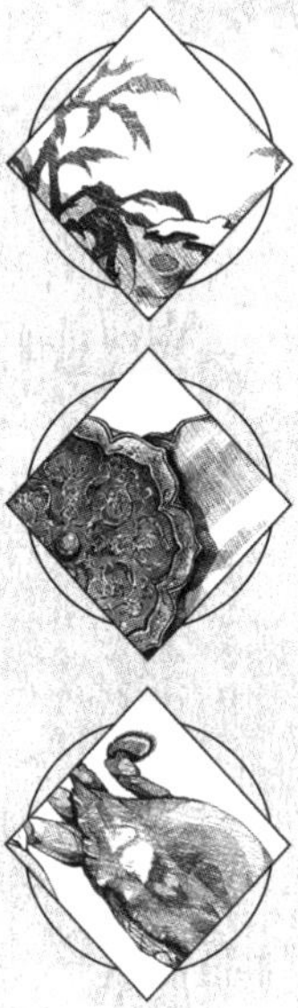

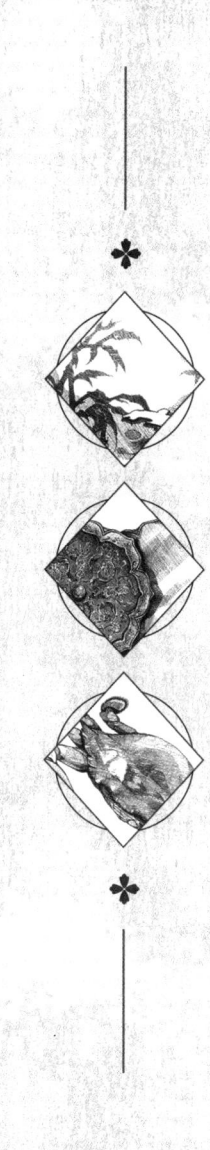

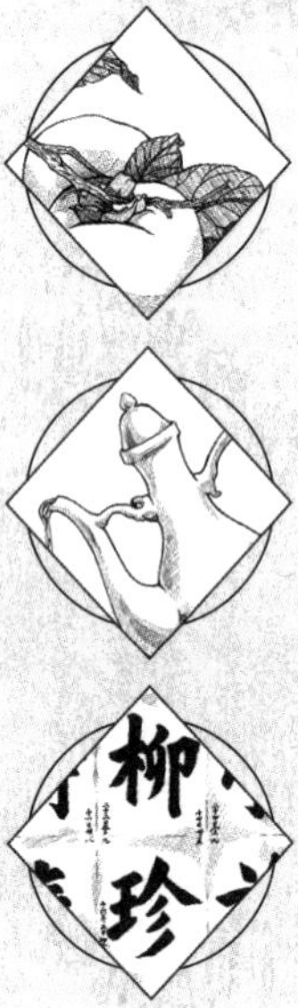
柳珍

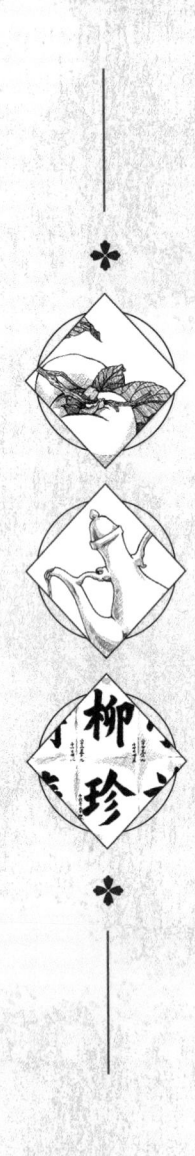

四時風物

◆桃花與蟹、簟紋與雪，那些隱然有序的天地大美◆

晏藜・著

二十四節氣・七十二候

立春

梅英疏淡，冰澌溶洩，
東風暗換年華。

東風解凍；蟄蟲始振；魚陟負冰。

雨水

天街小雨潤如酥，
草色遙看近卻無。

獺祭魚；鴻雁北；草木萌動。

驚蟄

月出驚山鳥，
時鳴春澗中。

桃始華；倉庚鳴；鷹化為鳩。

春分

昨夜閒潭夢落花，
可憐春半不還家。

玄鳥至；雷乃發聲；始電。

清明

試上超然臺上看，半壕春水一城花。
煙雨暗千家。

桐始華；田鼠化為鴽；虹始見。

穀雨

一川煙草，滿城風絮。
梅子黃時雨。

萍始生；鳴鳩拂其羽；戴勝降於桑。

立夏

連雨不知春去，
一晴方覺夏深。

螻蟈鳴，蚯蚓出，王瓜生。

小滿

夜來南風起，
小麥覆隴黃。

苦菜秀，靡草死，麥秋至。

芒種

別院深深夏簟清，
石榴開遍透簾明。

螳螂生，鵙始鳴，反舌無聲。

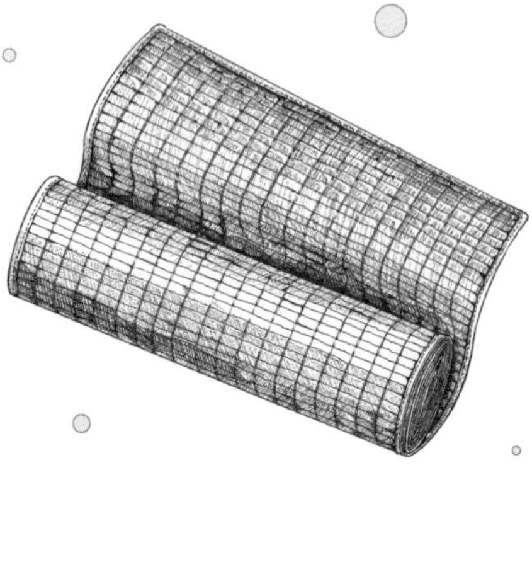

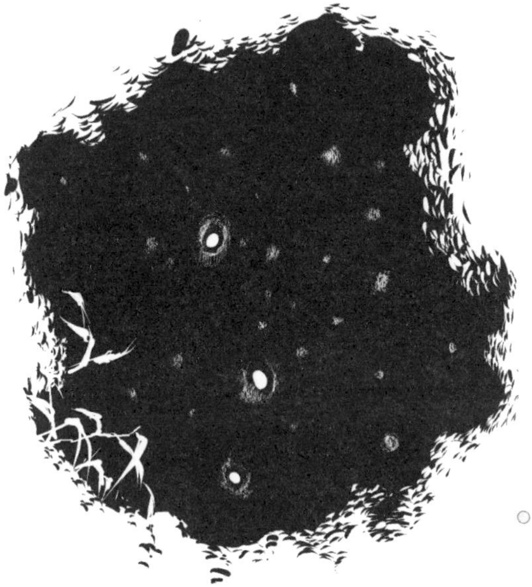

夏至

鹿角解；蜩始鳴；半夏生。

水滿有時觀下鷺，
草深無處不鳴蛙。

小暑

溫風至；蟋蟀居宇；鷹始鷙。

荷風送香氣，
竹露滴清響。

大暑

腐草為螢；土潤溽暑；大雨時行。

一霎荷塘過雨，
明朝便是秋聲。

立秋

空山新雨後，
天氣晚來秋。

涼風至，白露生，寒蟬鳴。

處暑

乳鴉啼散玉屏空，
一枕新涼一扇風。

鷹乃祭鳥，天地始肅，禾乃登。

白露

露從今夜白，
月是故鄉明。

鴻雁來，玄鳥歸，群鳥養羞。

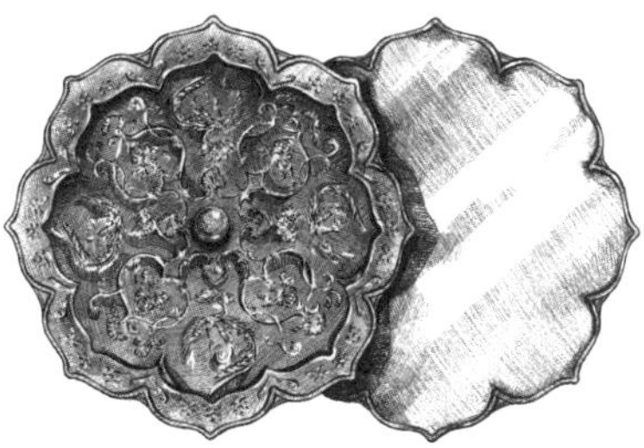

秋分

雷始收聲，蟄蟲坯户，水始涸。

中庭地白樹棲鴉，
冷露無聲濕桂花。

寒露

鴻雁來賓，雀入大水為蛤，菊有黃華。

菊花開，菊花殘。
塞雁高飛人未還，一簾風月閒。

霜降

豺乃祭獸，草木黃落，蟄蟲咸俯。

草木搖落露為霜，
群燕辭歸鵠南翔。

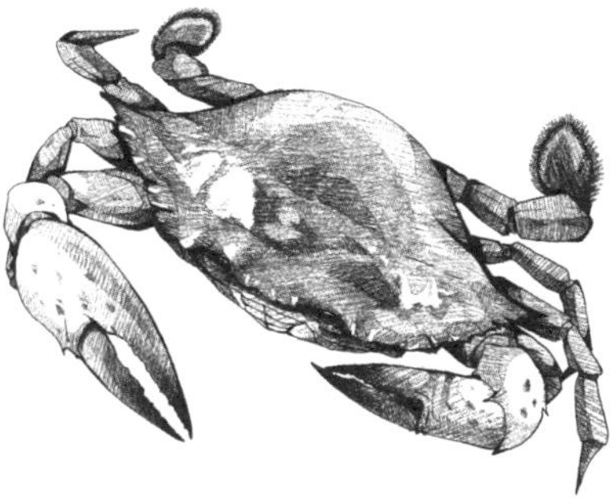

立冬

敗荷零落，衰楊掩映，
岸邊兩兩三三，浣沙游女。

水始冰；地始凍；雉入大水為蜃。

小雪

林表明霽色，
城中增暮寒。

虹藏不見；天氣上升；閉塞而成冬。

大雪

隔牖風驚竹，
開門雪滿山。

鶡鴠不鳴；虎始交；荔挺出。

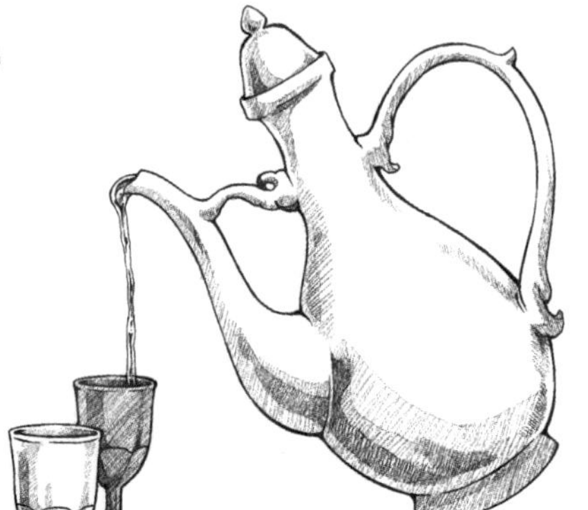

冬至

蚯蚓結；麋角解；水泉動。

邯鄲驛裡逢冬至，
抱膝燈前影伴身。

小寒

雁北鄉；鵲始巢；雉始鴝。

簷流未滴梅花凍，
一種清孤不等閒。

大寒

雞始乳；征鳥厲疾；水澤腹堅。

冬盡今宵促，
年開明日長。

前言

當你看見風物

這是一本關於四時風物的小書。副書名中的桃花與蟹，分別是春秋兩季中最典型的風物之一，它們是人們所鍾愛的，同時也代表著一年最易動情的兩個季節。

在很長的歲月裡，人們的生活繞不開二十四節氣。若將幾千年以農治國的中國，比作一個巨大的農場，那麼二十四節氣就是這個農場所有活動的調度中心。先民們從物候的變化中覺察出關於天文和氣象的規律，然後機智地從中發掘出實用性，定出規則來安排四季稼穡。從「立春、雨水、驚蟄、清明」到「處暑、白露、小雪、大寒」，寒暑交替、四季漸變的規律被掌握在人們算日子的指頭上，前人整理出來，後人一代代傳承照做，該什麼時辰就做什麼事情，一般就能保有五穀豐登。

當然，古人覺察到寒暑有序的起始，自然比文字產生的時代還要更早。即使他們並不知道自己所處的地球正圍繞著太陽運行，所謂寒熱交替都是受到太陽直射點變化的影響，然而這樣的局限並不妨礙他們敏感地在一年四季的變化和與不同景物的周期性重逢中總結出某種規律。體感的寒暑和月亮的圓缺是關鍵的節點，於是，人們便根據寒暑將物候的一次輪回定為一年，又根據月相將一年平分為二十四份。這應該就是二十四節氣的雛形，非常樸素，都是先民們從時間中自然得來。

人們對這種自然的時序充滿敬畏，如今我們依然可以在許多古書中找到痕跡。在大約成書於漢代的《禮記．月令》篇裡，種種解釋不了的自然規律便被神秘化。那時已經確定了太陽對人們的重要性，並依之劃分了四時。人們發現了四時徵候與太陽方位變化的關係，比如「孟春之月，日在營室」，於是「東風解凍，蟄蟲始振，魚陟負冰，獺祭魚，鴻雁北」。吹在肌膚上的風，入耳的蟲鳴，河裡的魚，河邊的獺，天上的飛鳥……種種顯而易見的徵候為人們帶來消息：「是月也，以立春。」古人在時節的每個節點都設有莊重的儀式。在立春前三天，大史會拜見君王，嚴肅言明：「某日立春，盛德在木。」提醒人間的掌權者，要以莊重的儀式來表達對四時五行的敬畏。於是，立春這天，天子會親自帶領三公九卿和諸侯大夫們，去東郊迎春祭神。然後，隨著太陽的位置移動到「奎」「胃」，仲春、季春也接踵而來。接著又是「畢」「翼」「尾」，夏、秋、冬漸次輪換。

先人們生活在自然中，同種種物候比鄰而居，他們經春而夏，復秋又冬，自然是他們獲取訊息唯一的來源。人們小心翼翼地體察著生存環境的變化，越久就越覺得自然之力的不可名狀。人世中再尊貴的人，在它面前也狂妄不起來。立春、春分、立夏、夏至、立秋、秋分、立冬、冬至，二十四節氣中最重要的八個節氣大約就在此時定型，戰國後期成書的《呂氏春秋》裡清楚記錄下它們的名稱，以分界四季。

《逸周書》中有一篇〈時訓解〉，大約是戰國後期到秦朝時形成的。隔著兩千多年回溯，依然能體會那時人們在一年中所感受到的：立春後的第二個月，山坡上的桃花像是忽然就開了，還沒來得及驚訝，黃鸝也開始叫了。又過幾天，老鷹不見了，布穀鳥站在梢頭，該不是老鷹變的吧？……春天很忙，沒幹完地裡的農活，轉眼就立夏了。夏天是從螻蟈的鳴叫聲中到來的，螻蟈還沒裝滿兒童的簍筐，地底下的蚯蚓也要上來做客了，天氣一天天熱起來，地裡的土瓜也長起來。大暑過後，腐草化作螢火蟲。空氣愈發炎熱，土地日益潮濕，積蓄了幾天的大雨傾盆而下……雨後暑氣消散，立秋這天，吹過來的風有涼意了。路邊的草葉上滾動著晶瑩的露水。寒蟬開始鳴叫……天氣繼續轉冷，倏忽間雪花飄落，小雪一停，天上再不見彩虹。陰冷，天地間川流凝結，閉塞成冬。

都是天地間最尋常的景物，人們卻能依靠它們的變化，做出種種判斷和應對。比如雨水後「草木不萌動」，便「果蔬不熟」；清明後「桐不華」，便「歲有大寒」；大暑後「腐草不化為螢」，便「穀實鮮落」；寒露後「菊無黃華」，便「土不稼穡」。這些世代歸結出的規律給予人們指引。古人甚至還將自然的現象延伸到人情社會中，立春後若「風不解凍」，朝廷中就「號令不行」；春分後若「雷不發聲」，諸侯就會「失民」；小滿後「靡草不死」，天下將盜賊縱行；大暑後「大雨不時行」，便「國無恩澤」。這當然也有過度演繹的成分，但它們作為預兆，卻合乎當時的某些世態人情，給以人們警醒與寄託。

這就是普通百姓的一年四季，像在數著日子，也像在數著周圍隱然有序的風物，數著數著，不知不覺就隨著這難以捉摸的變化度過了一生。可能現在有人會覺得這一切枯燥無聊，也有人說在現代城市中已經很難全面地看到這些變化，畢竟城市化以後，許多人早不再僅僅依靠天時和農事活著。但是，我們依然能夠從這些古老的文字裡，從「春雨驚春清穀天，夏滿芒夏暑相連」的規則中，感受到過去的人們對自然的感知和敬畏。他們從沒有間斷過觀察和思考，也從來沒有停止過體會時序演變給他們的生活帶來的不同。

莊子曾說：「天地有大美而不言，四時有明法而不議，萬物有成理而不說。」的確，無論是在時間中經過，還是在空間裡存在，風物從來都是不言不語的。

目次

青春

朱夏

白秋

玄冬

青春

◆❊ 春雨心事 ❊◆

下班路上淋回一點春雨。一直想擁抱春天的溫潤，這一刻心願得償。雖然這幾天家裡只自己一個人，卻仍買了新鮮蔬菜，認真做了頓飯。春天裡不買花，花店櫥窗裡的哪有枝頭上的好看呢。

這一夜突然停電，索性暫停了文字，獨自在空洞的黑暗中靜坐一小時。平日裡各種人事消息塞得太滿，此刻多數感官被迫靜止，反而觸摸到了真實的安寧。這一股寧靜平時覺察不到，但卻是扎實恆定的存在，醞釀著普度眼前故事的仁慈。

想起還在江南的時候，有一回，好像也是這樣的一個暮雨天。我坐在教室的窗邊發呆，突然被從外面彈進來的雨水驚醒。臨近清明的雨已是催花雨了，輕柔綿軟，潤物無聲，是春時雨該有的樣子。講臺上教授好像在分析《源氏物語》的人物悲劇邏輯，可一句也聽不進去，滿腦子全是「白雨跳珠亂入船」的畫面。心動難耐，下了課就趕最近的高鐵去了杭州。

對西湖這樣的臨時起意，在江南的那些年，沒有十次也有八次。不說蘇、白二堤，曲院、柳浪，就是楊公堤、龍井村、虎跑泉、靈隱寺……哪裡都有我曾經虛擲過的光陰。為了孤山的梅花，為了曲院的風荷，為了湖舟上的雨雪，為了煙霞裡的古塔晚鐘，為了姜家最早的一杯明前茶，為了秋後外婆家的蝦仁和醋魚……不說它背後的千年歲月和萬般情韻，單單西湖，都是盡日風光看不足。

那些年做過的太多無聊事，許多都關於這個湖。有一回獨行至孤山，見眼前山水空濛，突然就想，若此時此刻，眼前這一片水墨之中，能有一個撐著紅傘的人走過就好了。於是便在原地等了兩小時。

想不到竟真讓我等到了。水墨天地間，一點紅由遠及近而來，畫面頃刻間被點亮。雖然是這麼小而無聊的一件事，卻也偷偷收在心裡得意了很多年。

近來再次清簡生活，能交辦的通通交辦出去，嘗試只限身前。不在繁雜世事裡安放欲望，不在貪心不足中虛度時間。然後發現，生活真的沒什麼著急的事，所擁有的也總綽綽有餘。

正月已過多半，新年也完全過完了。人們的生活從假日模式調過來，隨著悄悄回來的春天一起回到平常的軌跡中。雨水是這時節特別的儀式。古老的《月令集》中有一段歌謠般的文字：「立春後繼之雨水，且東風既解凍，則散而為雨水矣。」春天屬木，有木定有水。立春之後東風解凍，天地間冰雪融化、寒氣消散，雨水因此形成。

到了雨水，天地間新一輪的鮮潤氣兒便漸漸透出來，過去人說雨水後有三候：「一候獺祭魚，二候鴻雁北，三候草木萌動。」早春的雨來得無聲無息，杜甫詩裡說：「好雨知時節，當春乃發生。隨風潛入夜，潤物細無聲。」萬物有靈，小動物們先於人類覺察到自然微妙的變化，於是一場溫柔的雨後，水獺開始捕魚，鴻雁自南歸北。再然後，所有草木也開始陸陸續續地萌芽。但也只是萌芽，存在感並不怎麼強，遠看仿佛有，近看卻又不真切了。所以才是「草色遙看近卻無」。

這是春天裡最初的雨，和晚些的「清明時節雨紛紛」以及再晚些的「梅子黃時雨」都不一樣，更溫柔也更朦朧，是一個過渡，也像是天地給人們的一個啟發：「此時風景，不作喜雨之歌，即為醉翁之操，無不宜也。」這雨水浸潤下的心境，和這恬淡自然的時節最為相宜。

記不清有多久沒有好好聽過一場雨了。如今住在城市的高樓上，窗外沒有簷篷，再大的雨也只是遙遙地看著從遠處化成雨線唰唰而過，卻聽不見記憶中那淅瀝綿密之聲了。

小時候總覺得從雨水到清明的這段日子，有一種小而薄的清涼。所有的日常都像是被淋慢了。反正也出不去，就待在家中享受雨水的饋贈。我小時候家住一樓，窗戶外面都裝有防水的簷篷，一下雨，滴答聲就響起來。那是童年時節奏天然的樂曲，每回下雨都趴在窗前聽，一聽就是一夜，不知何時睡著了，夢裡也是滴滴答答的。有一句老話說，雨這種事物，「能令晝短，能令夜長」，覺得對極了，雨的確有這變幻時間的魔力。

清人張潮在《幽夢影》中提到過他喜歡的兩種雨聲：「梧蕉荷葉上聲」與「承簷溜筒中聲」。就像是風過松聲最相宜，雨水打在梧桐、芭蕉與荷葉之上，也比落在其他地方更好聽。過去人家中庭院常植有梧桐木，桐木高細清美，細雨一落，便「到黃昏、點點滴滴」；秋涼漸滿，窗外的芭蕉葉片也早長得碩大，人們坐在房中，靜聽著「山窗雨打芭蕉碎」，恍惚間模糊了眼前的真與幻。黛玉說她不喜歡李商隱的詩，卻獨喜歡那一句「留得枯荷聽雨聲」。從此荷也和雨聲牽連起來。雨打草木的清新我們隨時看得到，但那「承簷溜筒」，卻是現代城市中不常見的景觀了。

「簷」與「雨」也總是被連在一起的。「臥聽簷雨落三更」「泣盡風簷夜雨鈴」「簷溜不鳴知雨止」「茅簷秋雨對僧棋」……仿佛有屋簷合著一搭，雨就更有了詩意。中國的古建築形制多樣，單是簷，就有不少樣式。而無論是繁複如重簷歇山頂，還是簡單如單簷懸山頂，都是人們仰頭即見不容忽略的顏面。過去，人們稱從簷上滑下的雨水為「簷滴」，倒是貼切。「雨微簷滴緩」「簷滴斷還連」，都是等在屋簷下的觀雨人的心情，既要屋簷遮擋免受浸淋，又不捨雨水立刻落下，希望它能緩上一緩。

如今在城市中，想要找個既能聽雨又有氛圍的屋簷，似乎不太容易。但也並不是完全沒有，比如在每年雨水之後、穀雨之前的江南。這麼長的雨天，足夠在小橋流水人家、枯藤老樹青石巷，還有人家屋頂上瓦片堆起的老房下，饜足關於簷下聽雨的舊夢。嘉興有座西塘古鎮，雖說和別的小鎮一樣是小橋流水，但那裡卻有一座別處沒有的煙雨長廊。名為「煙雨」，但人走在這廊下，卻是一點雨都淋不著的。近九百米的長街，都鋪滿了防雨的屋頂，屋簷長長地幾乎要垂到河邊。相傳這道長廊的由來，是關於百年前一個女孩溫柔含蓄的心事，給道路修上簷頂，心上人就不必再經受風吹雨打了。悠悠上百年，不知有多少人閒庭信步地從下面走過，不用困頓於日頭的炙烤與煙雨的濕涼。溫柔的江南心意。

有一次去西塘時趕上了一場暮雨。一路上天色昏沉，換了幾次交通工具，難免狼狽，但一進鎮子，望見粉牆下因風皺面的微瀾與黛瓦邊被雨淋濕的簷角，心一下子就鬆下來。又走過幾個石橋，隔著水瞧見長廊邊人家的燈光，青團香和這雨的濕氣一齊飄過來，勾起似曾相識的前塵往事。晚上便睡在沿河的小樓中，夜雨在簷外滴答了一夜，迷糊中想，明早巷子中會碰到賣杏花的姑娘嗎？

簷下還有長排的美人靠，雨天坐在那裡，看對岸屋簷上的舊瓦被雨水洗得發亮。「一春夢雨常飄瓦」，說的應該就是眼前這一幕吧？彼岸的屋簷潮濕在遠處，此岸的簷滴落在你眼前。還有江南的風，順簷邊竹筒溜下的雨水，同簷滴匯聚到一處後，一起流入階下的小河中。

漁客

陝南春天山水明淨，但因山石嶙峋，春分前的草木並不能讓它顯得蔥蘢，所以一山一山遠眺出去，只能見到漫山毛毛刺刺的蒼色底子上，桃花、杏花、梨花和油菜花一塊塊地暈染出明豔的色澤。吾鄉山水是尋常，瀛湖、流水、石泉、嵐皋、雲霧山、觀音河……就連從小就聽的這些地名，都浸潤在一片山水中。

沿漢水而上開往瀛湖，這條路近年來一直在整修，今天看路況很好，這些年來還是第一次把車開得這麼順暢。我們想去山間找片人跡罕至又視野開闊的草地，這種地方在山中有成千上萬處，得看途中的哪處最合眼緣。最終在通向嵐皋的路上隨意拐進了一個山口，沿著山道一直盤旋向上，過了好久，停在一戶人家的門前。

由不得你不停下。這家門前有一片不大的油菜花畦，畦下長河萬山盡在眼底。屋子像是新蓋的，卻仍是陝南常見的廡頂、粉牆、黛瓦，門窗上還貼著屬於新春的紅。庭前一樹小桃花嬌俏可愛，而幾步之外，一棵老樹下落蔭已滿，主人家專程在下方修了一方納涼的石案。主人應離開不久，院子裡的小桌上還留有半杯清茶和幾塊橘皮……

風景真是好看，但美景背後，人也背負著實實在在的生活。如今還不得不居於深山之中，守著這樣純粹的山水和古老的生活的人，故鄉還有很多。我們大概都能想像他們會經歷怎樣的悲喜，也會猜想他們可能存在的隱衷。有時覺得這可能會是最後一二代，有時又不那麼確定，誰知道呢？一直沒有等回主人，一場別樣的「尋隱者不遇」。

下山後在漢水邊的濱江公園曬太陽，在河中看到一個打魚的老人。不由得生出些聯想，那山中小屋的主人，會不會就在眼前呢？初春的水還是刺骨的，但他捲高褲腿一站就是半天，絲毫不以為意。拖著一掛稀稀拉拉的網，逆著水波，緩緩往河心走去。

這畫面似曾相識，連同兩岸青山，河邊石縫中泛起的微腥的濕氣，都能牽連起久遠的記憶。我小時候常在這裡玩，那時哪有什麼濱江公園，河岸目之所及，盡是農田和野地。野也有野的好，人融於山川草木，和它們彼此相依。那時河上還有渡船往返兩岸，坐在船上，四圍山外重山。漲水的時候，甚至可以順流而下，直接漂到沈家窩去。偶爾也會見到漁民，那時甚至還有電打網，一下去再上來，滿當當一網翻白肚的魚。後來這樣的行為當然被禁止，再後來，似乎連普通的擺渡船都不見了。十五歲離鄉求學後，十多年間南北求學，客舍似家家似寄，也說不清河上的漁民和我熟悉的那些生活，究竟消失於何時。

爸也興沖沖去排隊，這樣直接從河裡打上的魚比市場上賣的要鮮得多，可以給寶寶吃。現在超市裡看著什麼都有，卻反而買不到這樣的魚。結果一排就是一個小時，因為老漢並不是誰都給，要攀談上許久的閒話，才願意下河打一條給你。

老人本是漢水邊的漁民，從小就長在江邊，打打魚，做些小買賣。後來搞「南水北調」，漢水作為重要的引流，流域內都得治理。他家的居所和營生受到影響，原本的生計再進行不下去，不過好在也拿到了拆遷款，在小城裡從此衣食無憂。這其實也是好事。後來他們家的舊址一帶被改建成如今的濱江公園，他們作為老居民便得以在公園邊開了個小店。後來他的孩子們順利讀完書去了外地做事，家裡就剩下老兩口守著小店打發日子。

但清福也不是人人都能消受，老人閒不住，依然時不時來到河邊，張網看潮，興致來了便下水去網上一條。打上來的魚他也懶得拎回去，十元錢一條，隨意「賣」給河邊排隊等候的人。如此漫不經心，畢竟他早不是為了生計。

就在我長大成人的這二三十年，變化的風浪席卷了整個國家，當然也包括故鄉這座不起眼的山水小城。城市化的現代漸漸完全取代了農耕漁獵的中世紀，大多數人都已隨著時代走遠，可是還剩下為數不多的一些，就像漢水河畔的這個老人，他也不是沒有別的選擇，可這條河早將他和舊時的歲月綁在一起。他知道回不去了，或許也不想回去，只是不捨。

回想起多年前的一次遠遊。是去湖南的山深處，去找詩裡的「瀟湘」。瀟湘上還有漁翁。但已經不是在打魚了。景區將本地原住的漁民中技術和姿態好的選出來，放置在這水墨畫幅裡，撒網搖櫓，供遊人觀賞拍照。有時間限制，半個小時六網，朝夕都有。

遊人們來趕稀罕，舊的拍好照心滿意足地離開不久，新的又來了。有一群穿著紅裙的阿姨，裝扮得鄭重其事，看樣子是來拍集體藝術照。站在岸邊等了幾分鐘，見漁翁半天都不動，忍不住伸出脖子催：「怎麼不撒呀？是不是下班啦？」

叫喚了半天，船中人終於按捺不住，沒好氣地衝她們吼：「下班了我坐這裡幹什麼！來一波撒一下來一波撒一下老子還不累死！」然後氣呼呼扭過頭，在船篷下抱著膝蓋扭過頭不看這些人。

在岸上看了許久的我偷笑，眼前這安靜的丹青山水，此刻因這點脾氣而活了起來。

他原本是江上的漁人，曾擁有過很多與風浪相伴的自在歲月。遊人帶走的畫面中永遠只有他一個人，但他身邊卻眾聲喧嘩；山風江霧隨時變化萬千，可他每天的工作卻沒什麼不同。

其實我很想去問問，從前的打魚為生，如今的表演為生，對他而言究竟有什麼不同。如今這樣其實已經是很好的結局，他不用像大多數同鄉那樣離家遠行，重新找事謀生。有人將他們連同這山水一起經營起來，然後給了這麼件他信手拈來的事情，從此再不必擔憂收成，也再不必在風浪中來去。

只是在停船暫歇的某些個瞬間，他會不會想起很久以前那個真正的漁翁？那時的他，不會關心自己什麼時候撒網，已經撒了幾網還要再撒幾網。他只會在意網中有沒有魚，能不能帶回家去。如今其實也是，他表演完，還是要拿回工資來養家的。所以他衝岸上發完脾氣，過不了一會兒，還是把網又攢起來，掄圓胳膊後朝岸上大喊一聲：「請看。」

燈如畫

有些熱鬧是一定要湊的，比如這元月裡的燈節。今年芙蓉園的燈會比去年更好，元月賞燈是中國古俗，所以一定得在有古樓閣的地方才好看。而且光有琳琅的花燈不夠，還要有熙攘的人群，人們抬頭要看得到明月，月下要有粼粼流水，水上要有曲折的迴廊，廊中還要穿著能讓燈影搖曳的風，就完美了。

燈會人多，拎了盞小宮燈在手上，護著它不被人群擠滅。但好看是真好看啊，給人驚喜的是紫雲樓下的九曲燈陣，水廊下懸掛的二十四節氣圖。其中有盞燈最喜歡，鐵絲豎成一剪寒梅，梅枝上再拿紗糊上一輪圓月，裡面的光線被紗阻隔，說黯淡不黯淡，說強烈也不會很強烈，配起來有影落迴廊、月上花梢的風致，有點「梅梢夜月侵吾室」的味道了。

燈作為一個神秘的意象，千百年來點綴著人們的夜生活。它不僅早早就代替火作了照明工具，同時也兼具極強的觀賞性。看看詩人們的話，劉禹錫「數間茅屋閒臨水，一盞秋燈夜讀書」，是恬淡；李商隱「紅樓隔雨相望冷，珠箔飄燈獨自歸」，是幽寂；黃庭堅「桃李春風一杯酒，江湖夜雨十年燈」，是漂泊。這盞微弱的孤燈太重要了，沒有它，就照不出燈旁的不眠人；沒有它，人們或許就描摹不出屬於他們的夜。

自宋朝禪宗後，有一部續而不盡的佛家典籍《傳燈錄》。我曾想，為何傳的是「燈」而不是其他呢？大概是因為再也沒有一種事物，能比燈火更恰切地譬喻佛家以法傳人的傳統了。「千年暗室，忽然一燈。暗即隨滅，光遍滿故。」這裡的燈光看似很有穿透力，但它的光線是溫和的，不與黑暗針鋒相對，不是要把夜變得和白晝一樣，它給人的是氛圍，氛圍中有情緒，也有回憶。

《紅樓夢》中黛玉寫〈秋窗風雨夕〉的那個雨夜，寶玉來瀟湘館探望心上人，引路的婆子們點著明瓦燈籠。明瓦是用牡蠣殼磨出的半透明薄片，因為可以透出光線來照明，所以叫「明瓦」。黛玉嫌明瓦燈不夠亮，又給了寶玉一盞玻璃繡球燈。玻璃在那時是稀罕的舶來品，並不常見。曹雪芹雖沒具體寫燈的樣子，但能叫見慣了好東西的寶玉都擔心打破了，肯定是極精緻漂亮的。

《紅樓夢》中還寫到一種很別致的「明角燈」。王熙鳳就曾命人打著一對明角燈，大書「榮國府」三個大字，款款去到寧國府。這種明角燈乃是羊角燈，取上好的羊角將其截為圓柱狀，然後與蘿蔔絲一起放在水裡煮，煮到變軟後取出，用紡錘形的楦子撐大，直到撐不動了又放到鍋裡煮，然後再取出繼續撐。這樣反復幾次，便能撐出既大又薄、既鼓又亮的燈罩來。

還有審美要求更高的。明代文震亨在《長物志》中就曾挑三揀四地記載道：「山東珠、麥、柴、梅、李、花草、百鳥、百獸，夾紗、墨紗等制，俱不入品。」「如蒸籠圈、水精球、雙層、三層者，俱最俗。」「篾絲者雖極精工華絢，終為酸氣。」「曾見元時布燈，最奇，亦非時尚也。」他將繪著花草鳥獸的絲燈、紗燈都列為不入流，認為有水精球、多層樣式的都俗氣，嫌棄篾條編製的寒酸，覺得元代的布燈罩不時尚。那文震亨眼中入流、脫俗、時尚的又該是什麼樣的呢？得是這樣：「燈樣以四方如屏，中穿花鳥，清雅如畫者為佳，人物、樓閣，僅可於羊皮屏上用之。」四方有屏風，中間繪著花鳥工筆，看起來清雅別致，這才是合他意的。

薄薄一盞燈，竟能延展出這麼多講究。但想到它要亮過那麼漫長的夜，便又覺得值得了。

福

❈ 桃花氣 ❈

那天看電影《柳如是》，柳氏去探訪錢謙益，在小閣中等候的時候做了一首詩，最後有這麼一句：「盡日西湖誇柳隱，桃花得氣美人中。」一筆提起纏綿腔調，是不凡。

萬茜古裝氣質不俗，不太惹眼的五官給古風氛圍讓出很多空間，俠氣似乎缺一點，但眉目中的恬淡又為她添了點隱逸之氣。有幾分與人世不遠不近的味道，是像得了美人氣的桃花。頗受一些人詬病的秦漢的口音，在電影裡都覺得是加分項。江南的男士說起話來就是這個調調。溫和的，徐徐的，沉靜中帶著恍然，像三月桃花樹下的太湖石。

我聞室，河東君，匹嫡之禮，錢謙益和柳如是，合適的時間遇見了合適的人。錢謙益遇到柳如是的年紀，該經歷該看的都看過了，再新鮮激烈的在他眼中也無非就那樣。世態對他的吸引力早已不足。偶爾不顧風評離經叛道，還能讓他重尋年輕時的刺激。這才兜得起這柳姑娘要的東西。相比之下，陳子龍就太年輕了，存在感更多要依賴於外界的認同。他倒是熱血上湧，能陪著柳如是說死就死，只是一時熱血棄了這人世容易，掙扎著在波瀾中活著，卻難。

桃花輕盈明麗，所以人們愛將它與美人相提並論。唐代有首流傳很廣的桃花詩：「去年今日此門中，人面桃花相映紅。人面不知何處去，桃花依舊笑春風」，更給這搭配定了型。這首詩的作者名叫崔護，唐代博陵人，曾登進士第，但生平事蹟今已不詳。他的這首〈題都城南莊〉，寥寥幾筆摹及桃花美人，抒發景物依舊、人事全非的悵惘。其中的桃花作為點睛之物，在一片悵惘中很顯眼。這場發生在一千多年前的美麗邂逅裡，有春風和暖，有桃花人面。這場相遇給詩人留下了極深的印象，於是，念念不忘的詩人在第二年的春天重遊故地。可是，儘管桃花還開得同去年一樣好，但姑娘卻再不見痕跡了。初遇心動，再見不得，這段經歷讀起來很容易讓人共情。誰不曾在某時某地遇到過這麼一段當時只道是尋常的往事呢？

不開花的時候，桃樹總給人一種漫不經心的感覺。一年中的大多數時候它都在沉睡。小時候家鄉有很多野桃花，可你總記不清它究竟是在哪兒立著。直到春天的某一天，它突然醒了，滿枝的柔粉嘩啦一下子冒了一樹，不經意搖亂人的眼睛。

桃花是人們眼中常見的花木，年年歲歲，只要春天花期一至就能重見，像是一個年年來歸的故人。「驚蟄之日，桃始華，桃不華是謂陽否。」如同一種隱喻。而日子總是很經不得過的，有時候分明覺得青春還尚未遠去，中年甚至暮年就已接踵而來。少年時繁花過眼，目不暇接中，你沒有時間回看。而到終於注意到時，紅花白髮，已是尋常。絳桃、緋桃、碧桃、美人桃……各色桃花的穠麗鋪疊中，偶爾也不忘點綴上一星半點的白。詩人杜甫曾於江畔尋春花，也不知是經過哪一個轉角，他專門為一樹桃花停了下來：「桃花一簇開無主，可愛深紅愛淺紅。」眼前這紅紅粉粉，深深淺淺，漂亮得很有層次。桃花花葉共生，嬌俏的桃紅中綴上幾點蔥綠，這種只會出現在春天的配色，讓它看起來生機盎然。

桃花在人們心中向來是很有存在感的。人們看見它明豔張揚的色澤，很自然地就會想起少女明媚的青春，初見時未經離殤的愛情。這或許跟《詩經》中一首很有名的詩有關，先秦的人們在詩中這樣唱道：「桃之夭夭，灼灼其華。之子于歸，宜其室家」。這是拉著桃花的美來比興，祝賀一位少女的出嫁。其中「夭夭」和「灼灼」兩個詞，都是在形容桃花的張揚、繁盛與明媚，這是獨屬於青春的美。這個搭配很合乎常理，在古人的認知中，女子正該以盛時而嫁，明媚春時，風華正茂的少女從夭夭灼灼的桃花林中經過，踩著一地桃花瓣，走向她前途未卜的人生。不管後來如何，這一刻總歸是很美的，桃花得氣美人中。

杏花疏

春分後，去華胥谷看杏花。谷裡一年只逢這一回花期。從半山下到谷底，再迴環著往上，漫山遍野都是杏花，越往高處就越盛些。茫茫的白色中，偶爾夾雜著幾樹猩紅，映著蒼原、青天與春水，實在好看。杏花花期極短，別看眼下開得熱鬧，幾天之後，但凡碰上一場稍大些的風雨，只需一夕，眼前的絢爛立刻凋零。這些年幾次因此錯過杏花，無論因什麼稍有延宕，反正等終於登上山坡時，谷中已然沉寂，只殘留花萼與花蕊，印證著尚未走遠的花期。是春天裡最不願接受的來不及。

杏花不似梅蘭清冷，也不若桃李灼灼，在百花爭春之中，原不算引人注目。但它卻是繼驚蟄的桃花之後，最早能探知到三春風暖的花樹。驚蟄後，在街邊見到一株白色杏花樹含苞，明亮的白花瓣被聚攏在暗紅花萼中。看那樣子，只要再來口春風一催，立刻就會盛開。果然，次日再路過，就見朵朵白花搖曳在枝頭。

杏花樹大、根淺、花多，開時觀之極盛。杏花有白、紅、黃等諸般顏色，要說亮眼自然還是紅杏，「春色滿園關不住，一枝紅杏出牆來」，占盡風頭。但在生活中，似乎還是白色杏花多見些。白色杏花氣質溫潤，和其他明媚鮮妍的花木相比，看著還是平淡了些。單獨一樹並不引人注目，定要在蒼茫山谷中蔚然成林，就像這終年沉寂的華胥谷，也只在這杏花開時，才裂開這一道旖旎的縫隙。

杏林浩蕩，在谷中流連半日，人反被分散於花間。雖是花期，但每朵杏花開落的時間卻未必全然相同，有斂蕊未放的，赤濃花萼裹住花心，凝聚出純紅色澤；有白英初綻的，紅色花心被白瓣沖淡，中和成微微的紅；還有開得極盛、眼看要落下的，則已將多餘的顏色沖洗乾淨，只剩純白。有幾對父母帶著孩子在林中圍坐，面對這樣爛漫的風光，孩子們哪裡能閒得住，林子裡到處都是他們奔跑歡騰、大笑大鬧的影子。父母們則坐在不遠處，望著孩子們在這杏林春光裡釋放勃勃生機。

相傳孔子曾除地為壇，在壇邊環植杏樹，名之曰「杏壇」。《莊子．漁父》中載：「孔子游緇帷之林，休坐乎杏壇之上，弟子讀書，孔子弦歌鼓琴。」陽春三月，林木蔥蘢，杏花正好，孔子鼓琴而歌，弟子們在一旁專注讀書，春光和煦。

元代一個文人曾留下一句散詞：「為報先生歸也，杏花春雨江南。」毫無人為雕琢的痕跡，從此，「杏花春雨」便成了江南春色中最為典型的意象。梨花帶雨楚楚動人，桃花帶雨也濃豔有致，但它們都不比溫潤的杏花更適合那煙雨迷濛的畫面。「客子光陰詩卷裡，杏花消息雨聲中」，平日裡並不多見這樣的渾然天成。若論花論果，杏花自然不算多麼特別的花，但杏花卻被賦予了詩意，便能引著人們的思緒從眼前一直延伸至遠方。

杏花開在春分到清明的朦朧春色中，外表清麗悅目，氣質也平易近人，可任人遠近觀賞，乃至隨意攀折。南宋陸游有句關於杏花的名句：「小樓一夜聽春雨，深巷明朝賣杏花」，畫面感很強，場景舊了，心情卻仍能引起共鳴。春天一往無前的生機，在下雨時卻難免一時半刻的停滯。雨水連綿的日子，人們身心被自然困住，於是不得不沉下心來，靜心審視自己當下的處境，對比今朝與過去。詩中的遊子羈旅在外，在春分時節的他鄉聽了一夜的雨，他嘆息風塵，感懷人情之餘，突然想起了明日街巷裡賣花擔上的杏花，心中又被拉回些微暖意，這或許是眼前唯一能確定的了，畢竟它從來觸手可及。

「疏影橫斜水清淺，暗香浮動月黃昏」，此後「疏影」「暗香」二詞便一直被用來形容梅花，但如果仔細觀察就可發現，杏花開時，朵朵間有縫隙，團團間有距離，是真正的疏影。月下也能聞見它恬淡自持的香氣。杏花疏影裡有過去，當年蘇東坡任職徐州之時，春分節後遇友人來訪，他便邀客吹洞簫飲酒於杏花樹下。

「憶昔午橋橋上飲，坐中多是豪英。長溝流月去無聲。杏花疏影裡，吹笛到天明。」最後這一句一景，喜歡了很久。我似乎從未經歷過這樣的一夜，但說不上原因，就覺得杏花疏影與落落笛聲，一直存在於記憶裡。

「二十餘年如一夢，此身雖在堪驚。」杏花的平靜中，隱藏著驚心的世情，每個人都覺得有足夠的時間可供蹉跎，可到了最終，甚至都沒能來得及看一眼杏花的盛放，它就已快速凋零。不過還好，今年沒有來不及。儘管成年人的生活之中永遠有比看一場杏花更重要的事，但到底成行。

✻歲歲花朝一半春✻

談花朝要先提月夕。

在古代，花朝一直與月夕相對應。說起月夕可能還有人陌生，但它的另外一個名字「中秋節」，應該就沒人不知道了。《風俗志》中完整地提到這兩個節日的關聯：「蓋花朝月夕，世俗恆言二、八兩月為春秋之半，故以二月半為花朝，八月半為月夕也。」花與月，朝與夕，春與秋，二月半與八月半，名稱和時間上都對得如此整齊，可見在古代，這兩個節日的地位一度是相當的。不過中國疆域廣闊，各地氣候迥異，花信也不同，因而花朝節的日期也有不同的說法，但主要還是在二月初到二月半左右。

春花秋月被並在一起提的次數太多了，有時也會讓人沒有新鮮感，但這的確是春秋二季乃至四季裡最美的景物了。南北朝蕭繹〈春別應令詩〉中有這樣一句：「花朝月夜動春心，誰忍相思不相見。」美景會不經意增加看客的孤獨感，因希望與之分享歡愉的人卻不在身邊。物之感人心動人情者，在地莫如朝花，在天莫過夕月。而且這動人的美是會變化的，花有綻放凋零，月有陰晴圓缺，兩者都在時序轉換的時候，帶給人們明顯的歡欣與傷感，讓人直面自己內心最真實的感情。

花朝節在歷史上曾風靡一時，古人將這一天附會為百花生日，每到這一天，人們會結伴去郊外遊覽賞花，姑娘們尤其會在這天相約出戶，祭拜花神。唐代司空圖有「傷懷同客處，病眼卻花朝」的句子，宋代《夢粱錄》中：「仲春十五日為花朝節，浙間風俗，以為春序正中，百花爭放之時，最堪遊賞。」《紅樓夢》中，每逢花朝，大觀園裡的女兒們也一定會約在一起，吟詠賞春。

要映襯這時節的百花齊放，花朝節當然也是個色彩繽紛的節日。宋代楊萬里的《誠齋詩話》注云：「花朝為撲蝶會。」花間戲蝶今天也能見到，但過去的花朝節卻有今天見不到的習俗。歐陽修在撰寫《洛陽牡丹記》中寫道：「洛陽之俗，大抵好花，春時，城中無貴賤皆插花。」簪花是一直就有的習俗，每逢儀典、喜事和節日，男男女女都愛在髮鬢上別一朵鮮花。後來這個習俗沒能廣為流傳，但在花朝這天卻是例外，明代的花朝節都還可見「城中婦女剪彩為花，插之鬢髻，以為應節」的景象。

明人劉侗在《帝京景物略》中描繪當時北京城南風物，特別記載了古人春時賞玩的花卉：「入春而梅、而山茶、而水仙、而探春。中春而桃李、而海棠、而丁香。春老而牡丹、而芍藥、而欒枝。」那是怎樣的一種景況呢？「都人賣花擔，每辰千百」，賣花郎們每個時辰都能賣出成百上千枝鮮花，而且這些鮮花並不是今天花店外四時擺放的玫瑰康乃馨那樣，而是依著春天時序物候的演進，不經意幾天過去就有新的變化，每一個變化都含著古老中國的風致。

但「花朝」後來還是被遺忘了，只留下了像「百花生日是良辰，未到花朝一半春。萬紫千紅披錦繡，尚勞點綴賀花神」這樣的詩句，供後人想像這個浪漫節日在百年前的盛況。再後來，「月夕」的常用名變成了「中秋節」，名法上的對應關係也消失，於是「花朝」便更加沒有了復興的理由。

可還是會忍不住期望。如果它能和「月夕」中秋節一起流傳於今，時代又會給它怎樣的演變呢？但這畢竟只是假想，也沒有什麼具體的細節可供捕捉，網上偶爾冒出的漢服愛好者策畫的活動也終不是心中的所想。不過既是漫談，就大膽地空想吧。「月夕」時明月圓滿，象徵團圓的骨肉。若照此說，「花朝」時百花繁盛，當象徵極盛的年華。中秋節消弭了距離的遙遠，讓相隔天涯的人們可以憑藉一輪明月「共此時」。

那麼花朝就可以淡化時間的流逝，讓白髮蒼蒼的老者在這一天裡，借一枝春花重拾青春。所謂朝花夕拾。

也不至於總那麼悲觀，畢竟窗外春光依然大好不是嗎？南宋劉克莊的詩中有這麼一句，「從此年年歲歲，莫負月夕花朝」，一句「從此年年歲歲」，彷彿在送別著什麼。雖然他說的並不是我以為的意思，但若將「月夕花朝」這樣的時節，沖入「歲歲年年」的洪流中，便也不覺得遺憾了。

天上有雨，地下有傘

清明時節雨紛紛，天上既有雨，地下就要有傘。傘是人們生活中再平常不過的物品，天上風雲難測，瞬息萬變，但有把傘，心裡就踏實下來，何時的雨落下來，總能被它遮擋在外。每一戶人家裡都會有一個屬於雨傘的角落，一個抽屜、一方櫃角，平時不見，下雨要出門時就拿出來。這是人們生活中不可或缺卻不被察覺的安全感。

中國是世界上第一個發明傘的國家，古傘和今傘形制雖有不同，但也都是作遮陽擋雨之用。先秦時的人們就在《詩經》中寫道：「爾牧來思，何蓑何笠。」蓑和笠指的都是用竹篾、箬葉及一些防水的樹皮編成的，雨天人們穿在身上擋雨，就像是我們今天的雨衣。東漢《說文解字》中還提到了一種叫「簦」的物品，「簦，笠蓋也。從竹，登聲」，這是一種有柄的斗笠。一根棍子支起一小片「棚子」，其實就是傘早期的樣子了。《太平御覽》引文提道：「張帛避雨，謂之繖，蓋即雨傘之用，三代已有也。」「繖」讀如「傘」，也是早期傘名稱的一種。而到了唐代，「傘」這個名稱就最終被確定下來。

關於雨傘的發明，古時有很多傳說，其中有一則關於春秋時的發明家魯班和他的妻子。相傳當時還沒有傘，為了讓人們盡可能避免暴露在烈日暴雨之下，魯班就在道路的沿途建造了很多亭子。他自己卻免不了終日奔波，風雨侵襲。妻子不忍丈夫經受風吹雨打，她終日擔憂，總想如果能有一個隨身帶著的小亭子就好了。於是她仿照丈夫所造的亭子的樣子，用木條樹皮和草葉紮出了一個輕便的小棚，又裝上了手柄。這樣一來，丈夫出門在外就可以隨時帶著，再不必被曬被淋。類似的傳說還有家喻戶曉的《白蛇傳》，白娘子和許仙初遇之時，也是以一把雨傘定情。雨傘這平平無奇的日常之物，竟能輕鬆盛下人世間最深刻溫暖的情意。其實原本就是如此，情感的初衷，本就無須多少驚心動魄的周折，多麼滿城風雨的誓言。它本來是那樣簡單，我心繫於你，所以不忍你經受一絲一毫風雨的侵擾。溫一壺酒在廚下，送一柄傘在你身邊，好將疾風苦雨都隔絕在你之外。

所有實用性的物品，都是為與人方便才出現的。傘被造出後，材質上也慢慢發生改變，傘面從簡樸的草木延展到了昂貴的絲帛。造紙術出現後，人們又嘗試在紙上刷上桐油防水，於是最普遍的紙傘便出現了。作為人們生活中隨處可見之物，它也免不了被附著上豐富的社會意涵。尤其隋唐以後，傘的形制被嚴格劃分為三六九等。古時帝王出行，所用之傘是綢緞製成的「華蓋」，以彰顯威儀。王侯次之，用「紫蓋」傘，普通官員再次之，用「青蓋」等，不一而足，使用者的地位不同，所使用的具體顏色便不相同。就連形式上也有「曲蓋」「導蓋」「葆蓋」和「孔雀蓋」之類的分別，高低半級都要凸顯出來。《隋書》中有當時通行的用傘禮儀：親王、公主、三司以上，用紫傘；皇室宗親及三品以上官員，則用朱裡的青傘；而「青傘碧裡，達於士人」。到了宋代，皇家則有「方傘、大傘」，紫表朱裡，四角裝飾有金龍，輝煌氣派，王公以下則用「四角青傘」。「青傘」的規定存在一些漏洞，引起了上下跟風，當時國都裡稍微有點財勢的人都用青傘。於是朝廷只得下令只許親王用之，其他人不得使用。

這在今天看來多少有點不可思議，連把傘都要被用以別尊卑。而到了明清，這種管控變得更加嚴重，洪武年間，平民百姓不能用羅傘只能用紙傘，而即便是官吏，也要視級別而定是否能「張傘蓋」，用什麼顏色的「浮屠頂」，是用「青絹表紅絹裡」還是其他，傘蓋上能不能加裝飾，等等。今天看來稀鬆平常的一把青色雨傘，放在當時，可能就是一個渴望騰達的士子一生的追求。

有時候人心中的欲望，或許更多只是源於一葉障目，看似「上進合宜」，實則卻離生活的本真越來越遠，以至遠到握傘在手的人幾乎忘了，眼前之物，不管看起來是金玉錦繡，還是草木素布，它不過是一把傘罷了。

「一竿翠竹，巧匠批欒。條條有眼，節節皆穿。四大假合，柄在人手。歸家放下，並不爭先。直饒甕瀉盆傾下，一搭權為不漏天。」宋代釋道濟的這首偈子，很簡單卻極通透，一竿翠竹、一蓑煙雨，條條節節，不漏遮天，雨時柄在人手，雨過歸家放下，不冒功，不爭先，只是安靜地在幾步之外存在著。這種傘，我小時候在外

婆家見到過。沒有花裡胡哨的裝飾，手工削的竹條做傘架，當時常見的小皮紙做傘面，上面除了刷過幾筆桐油外，其餘什麼都沒有。

虹始見

突如其來一場過雲雨，傍晚長安城行車如行船，還是溯遊從之道阻且長的那種。平時一個小時的路程，和同事堵了兩個半小時才走完。

不過極致天氣後也有意外之喜，下車後見到漫天霞與貫日虹。頭腦中靈光一閃而過，對啊，算算清明已經過了快十天了，也的確是到了「虹始見」的時候。近日生活中種種糾結不安的心緒突然得到紓解，天地只剩下這霞與虹。再沒別的。

想起有一年，和丈夫去青海玩，草原氣候多變，前一秒還是和風細雨，下一秒便是突如其來的狂風暴雨。極致的天氣醞釀出極致的美，不到一小時後，從蒙古包中鑽出來的我們，就看見了草原上懸起的貫日雙虹。

清明有三候：「桐始華，田鼠化為鴽，虹始見」，先見白桐盛開，隨後田鼠回洞，再往後過幾天，雨後的天空就能見到彩虹了。

人們從很早開始就注意到周圍環境會隨著時序的演進悄悄變化。《逸周書·時訓解》中準確地規定了以五日為一候，三候為一個節氣，六個節氣為一季，四季為一年，將一年平均分成了四季、二十四節氣和七十二候，且每一候都配有一個物候現象用以對應。這些現象大多富有強烈的浪漫色彩，花的盛開與枯萎，葉的萌生與凋零，動物的鳴叫與遷徙，風雷的解凍與發聲，都循著規律明明白白。仿佛再細微的變化都能夠被捕捉，當人們在連綿的清明雨後看到天空中絢爛的色彩，就敏銳地將這「雲薄漏日，日穿雨影，則虹見」的奇景定為清明的第三候。

虹是一種自然景觀，但「虹」字卻是以一個「虫」字旁的典型字存在的。《說文解字》中記載：「虹，螮蝀也，狀似蟲。」「螮蝀」今天也指的是彩虹，但單從字形上看，它們本身應該都是用來代指昆蟲的。我見過甲骨文中「虹」的字形，長條彎形，有頭有尾，的確很像一條扭動的蟲子。不過也有人認為古人是用「虹」字來比喻雨後出來飲水的神龍，「工」在這裡既作形旁也作聲旁，表示神龍體型的巨大。從很早以前起，「虹」字就只被用來形容天上的彩虹，後來因為橋的形狀像虹，所以「虹」也被延伸出去指橋。就連辭書之祖《爾雅》中，「虹」字也是被歸在解釋天文方面詞語的〈釋天〉篇中，而不是解釋昆蟲的〈釋蟲〉中。《爾雅》中還對「霓（蜺）」也做了介紹，用來和「虹」區分。「虹雙出，色鮮盛者為雄，雄曰虹；暗者為雌，雌曰霓。」當今也有不少人頭頭是道地把彩虹中「內紫外紅、顏色鮮豔」的稱作「虹」或者「正虹」，然後將「內紅外紫、顏色較淡」的叫「霓」或者「副虹」。聽得頭暈，時隔千年，今天的人們不管那麼多，但凡彩虹在天上，就是好看。

清明多雨所以彩虹常見，今天早已有了更科學也更全面的解釋，古人沒有如現今的科學條件，卻也忍不住思考這奇異的美景是怎麼來的。《列子．天瑞》說：「虹霓也，雲霧也，風雨也，四時也，此積氣之成乎天者也。」將彩虹和風雲雨霧的變化一起歸於天意，是有些討巧偷懶的說法了。不過討巧也罷，總還是有點飄飄然的仙氣在裡頭。而在《幼學瓊林》中，講「虹名螮蝀，乃天地之淫氣」，一派學究樣，就很不討人喜歡了。除了這些解釋，過去人有時也會硬把客觀的自然現象拉下來，為不客觀的人間種種做注解，比如《漢書．天文志》中這麼寫道：「抱珥虹蜺（霓）……此皆陰陽之精，其本在地，而上發於天者也。政失於此，則變見於彼。」這裡把虹作為一種異變的景觀，用來照見統治者的得道與失道。

虹的成因在歷史的演進中慢慢清晰起來。而到了北宋時，文人沈括在《夢溪筆談》中就引用旁人的話說：「虹，雨中日影也，日照雨，則有之。」已經是比較科學的說法了。《月令七十二候》中就更明瞭了一些：「虹，陰陽交會之氣，純陰純陽則無。」陽是晴，陰是雨，陰晴交會就是雨後初晴的時節。如果能將時節擬人化，純陽純陰便都有些非黑即白的決絕味道，而虹，就和它所出現的陰陽交會的時節一樣，有種邊界不分明的美。

❈ 布穀，布穀 ❈

穀雨一過，屬於春天的六個節氣就結束了。一年就去了將近四分之一，人們倏地覺察到時間的倉促。「穀雨」據說是得名於古人「雨生百穀」的說法，這段時間的降水比清明時節要更多，是種植農作物的最佳時節。而我從小一聽到「穀雨」兩個字，首先想到的情景都是小巧的布穀鳥「嘩啦」一下穿雨而過，扔下一連串「布穀、布穀」的聲音。

春天是禽鳥的季節。「夏聽蟬聲，秋聽蟲聲，冬聽雪聲」，而春，則是要「聽鳥聲」的。雨水時節「鴻雁北」，驚蟄時節「倉庚鳴」，春分之日「玄鳥至」，而到了穀雨，便輪到「鳴鳩拂其羽；戴勝降於桑」了。鳴鳩就是布穀鳥，暮春雨後春色愈加濃郁，布穀鳥受到春色的感染，開始拂翅鳴叫。而戴勝鳥也能時常在桑樹枝頭見到了，這是一種很漂亮的禽類，頭上絢麗的羽冠，仿佛古代女子頭頂裝飾用的花勝。不過可惜，因為氣候和自身繁殖能力的原因，千百年前到處飛著的戴勝鳥，在今天已經不太能見到了。

好在還能看到許多其他的鳥類，有時也無須刻意去看，只是忙碌時偶然抬眼的幾個間隙，就會突然發現有一隻或者幾隻迅疾的鳥掠窗而過。那一瞬間，人會情不自禁地驚喜：「呀！剛剛有鳥飛過去了！」紋絲不動的窗戶，一成不變的生活，都因這突發的一點點枝節而蕩漾出了波紋，生發出日常軌跡之外的期待，會不時看看窗戶，希望還能再見到鳥飛過。

人們對鳥的喜愛可以上溯幾千年前，還有人為它們立書作傳。春秋之時的道家師曠就著有《禽經》一文，後世還有各式各樣的《鳥譜》《禽卷》之類。張衡〈歸田賦〉中有這麼幾句關於春鳥的描述：「仲春令月，時和氣清……王雎鼓翼，鶬鶊哀鳴，交頸頡頏，關關嚶嚶。於焉逍遙，聊以娛情。」「娛情」，是人們將自然界中的生靈功用化了。而在禽鳥的眼中，牠們又是怎麼看待和牠們比鄰而居的人類呢？肯定難免懼怕，〈好鷗鳥者〉中的那些海鷗，不就是最終因為「好鷗人」動了抓它們的念頭而「舞而不下」，再也不敢靠近嗎？

因為有雙會飛的翅膀，鳥在人類面前總是自帶神秘感。古人認為天地無極，從地上走是到達不了邊界的，但若能飛上天空就不一樣了。人們將種種奇思妙想附著在這類生靈上，認為牠們可以飛到人類觸不到的地方，看到些人類不知道的事。如〈惠子相梁〉中的鳳凰，「非梧桐不止，非練實不食，非醴泉不飲」，高潔得不染人世煙火，哪是凡夫俗子能沾染的呢？還有那「蓬山此去無多路，青鳥殷勤為探看」的「青鳥」和動輒「扶搖直上九萬里」的大鵬，都注定不屬於柴米油鹽的人世間。

不惟這些神性，還有世態人情，中國從來不缺少各種精靈化身為人的奇異故事。《聊齋志異》裡那個鸚鵡化身的阿英，正是聽了主人家對兒子講的一句「鸚鵡養大了是要給你做媳婦的啊」，便一時心動化身為美貌少女。

眼下穀雨剛過，布穀鳥就飛上枝頭，帶來了春天最後的活潑色彩。一年之計在於春，這個季節是需要積極的，但這積極並不能顯出殷勤來，所以要有一個引子，把人們從「春眠不覺曉」中叫醒，這種時候，「處處聞啼鳥」就再合適不過了。

「不及流鶯日日啼花間，能使萬家春意閒。有時斷續聽不了，飛去花枝猶裊裊。」韋應物〈聽鶯曲〉裡的這句「能使萬家春意閒」，說得妙極了。人生總是匆忙的，人們總會有這樣那樣的事，而這一聲鶯啼，就能讓他們「閒」下一時片刻來。這世上總不是所有東西都是經世致用的，就像嚶嚶鳥啼，說起來都是閒情閒趣，於生存完全沒有用處，但它卻總能在不經意間讓你覺得，生活是這麼有趣的一件事。

◆❊牡丹，《牡丹亭》❊◆

一千多年前的初唐，詩人盧照鄰在某個元日隨大流寫了首述懷詩，全詩平平，但其中有一句「人歌小歲酒，花舞大唐春」，極有盛唐氣象。春天走在街上，不經意間望見廡殿飛簷邊，繁花滿樹，就會想起這句詩。

不知千年前的長安城是怎樣，但到如今，一春城中百花過，最能合得上詩裡這花團錦簇的氣象的，不得不提大雁塔的櫻花。青龍寺的櫻花當然更有名，只是原址已毀，重建的院子雖然也還好看，但盛名之下遊人太多，總顯得濃郁有餘，舒展不足。

看看家近處，華胥的杏花，王莽的桃花，還有公園裡點綴的海棠，都是心之所愛，好是當然好，但要麼疏曠要麼野逸再要麼柔弱，要麼關聯著終南而非長安，終歸不如晚櫻赫赫揚揚，絢爛得結實。雖然我自己是偏愛前面的那些，但平心而論，長安城還是得配富麗的花。要說再有沒有搭的，當然有，不過那就是穀雨之後興慶宮沉香亭畔的事了。

清明後五日，田鼠化為鴽。晚櫻尚未落，牡丹花候又到了。於是，帶著爸媽孩子去興慶宮沉香亭畔賞花。其實城牆東邊的牡丹園有幾株白牡丹的品種很好，襯著環繞一旁的老城牆和護城河，景色很可觀，但若論盛名，古今皆以此處為最。但無論在哪裡，牡丹從來不曾被隨意漫賞，自始至終，它只悠然享受著人們精心細緻的打理和專程前往的鄭重。

沉香亭畔有傳說。唐開元中，天下太平，牡丹始盛於長安。盛世王朝天下大治的巍巍氣度，恰好與這富麗堂皇的名花相得益彰。當年的牡丹花開時，玄宗和貴妃時常來此，沉香亭北倚欄杆。名花傾國的組合，成為後世回顧那個盛世的契機。相傳昔日沉香亭前有許多奇異的品種，中有一株一日忽開，一枝兩頭，朝則深紅，午則深碧，暮則深黃，夜則粉白，晝夜之間，香豔各異。時人異之，玄宗卻見怪不怪：「此花木之妖，不足訝也。」反正面對牡丹這樣絕麗的花，如果沒有驚異之事相襯，就總叫人覺得辜負了傳奇。

但在如今，它只是盛開在普通人身邊的生活中。其實從前一直不太喜歡牡丹，總覺得它比起那些近在眼前的花開得太華麗圓滿，它更適合被畫在宣紙上，繡在絲物間，雕在窗櫺處，獨不宜開在眼前。總之彩墨鋪展，起筆只能是富豔之態，落筆便是金玉滿堂。沒法孤高，沒法清傲，也沒法恬淡。但形色好鋪設，神韻卻難得，牡丹主題的繪畫在今日比比皆是，看在眼底覺著熱鬧，但過眼即忘，真正覺得精彩的卻極少。

我想帶著疫情裡憋了一春的爸媽看看新年裡新開的花。然而比起看花，爸媽顯然更在意懷遠，他們一路都在重複些絮語，回憶著他們上次來這裡的三十年前。聽到很多從來不知道的細節，其實以往沒聽他們說起過這些，可不知不覺間，年歲漸行漸遠，花無心可以不急，但人能做到永遠不憂不懼嗎？哪有這回事。

牡丹花時節，該讀點應景的文字。看多少遍，還是覺得《牡丹亭》裡的少女心事寫得最佳：

原來姹紫嫣紅開遍，似這般都付與斷井頹垣。良辰美景奈何天！賞心樂事誰家院！

這般花花草草由人戀，生生死死隨人願，便酸酸楚楚無人怨。

文辭美麗得一點都不像在控訴。對於年少單純的杜麗娘來說，眼前這不知何時而來何時而去的美好時光，和鏡中的美貌與閨中的流年一樣，都是她抓不住的。一個孩子的成長成熟，總是從她（他）意識到自己對某些事情的無能為力開始。繁華而始，落寞而終，眼前的奼紫嫣紅總要付與未來的斷井頹垣，這個慣性在某些現代化還不怎麼深入的地方，至今都沒被打破。高度城市化的地方其實也一樣，只不過已經改頭換面了。

這種可以感知卻無力改變的痛苦，我們這些現代成年人都無法擺脫，杜麗娘這麼個古代的閨中小女孩又怎麼可能逃脫？但既然是戲，自然是做戲的想怎麼唱就怎麼唱，湯顯祖為了他「情不知所起，一往而深。生者可以死，死可以生」的決絕論調，給了她一個美夢。少男少女的初戀當然真摯，情郎看著也是無可挑剔的，然而故事到人死復生有情人終成眷屬後就不講了。大多數戲本子也都是講到這，所以小時候讀了覺得這就是結束。等到成年後明白，當年所以為的結局，其實只是剛剛開始。也許是造夢人心有慈悲，他們清楚，夢醒之後，並沒有多少夢幻的空間。

甚至就連「良辰美景」這個詞的源始都是這樣的，人家謝靈運的原話說得再明白不過：「天下良辰美景，賞心樂事，四者難并」。是難并啊，得一得不了二，十全十美更是妄談。雖然我平日非常喜歡看似無懈可擊的唯美氛圍，也一直喜愛美景美境美圖美文，但那是心情好的時候。心情不好的時候就是：「風景有說起來極幽曠，實際卻十分蕭索的，比如江南煙雨；境遇有聽起來跌宕非凡，實際卻難堪異常的，比如貧病交加；聲音也有聽起來極富韻味，實際卻不堪入耳的，比如賣花聲。」文字和畫面是世間最具迷惑性的事物，有時簡直比政治和宗教更甚。這才是真相，夢裡那些不是。

還有一年穀雨，爸媽突然想去洛陽看牡丹。此時牡丹的花期已過了許久，已經有些遲。但他們想去，就陪他們去。半天奔波百里，好在沒有錯過最後的盛放。聽說這最後一批是專門從附近山上低溫區移下來的，為了尚未閉幕的牡丹節，同時也成全了花圃前或延宕不去、或遠道而來的這麼點痴心。

洛陽地宜養花，牡丹品種也比別處都要好，竟還看到了一株難得一見綠色品種。相傳古時就有種名叫「歐碧」的綠牡丹，以「花開最晚，開時淺碧，獨出歐氏」而得名。不知同眼前這株是否有什麼淵源。

大唐牡丹在後世名頭雖響，但它真正冠絕天下，卻是在唐之後的宋時。宋代洛陽人極愛牡丹，春時，洛城中男女老少皆以簪花為樂。每歲牡丹花季，傾城而動，紛紛相約往城中牡丹花好處遊樂，直至花落時才止。「花開花落二十日，一城之人皆若狂。」像月陂堤、張家園、棠棣坊、長壽寺等，都是洛城當時的賞花勝地。這當然是很久以前，如今世態繚亂，洛陽人也不那麼容易被驚動了。但這座城與牡丹花乃至滿城春色的一期一會，卻仍是別處沒有的莊重，於是為它遠道而來。以後還要來，下次要趕在盛花期的時候。

回來路上想起歐陽修的詞：「直須看盡洛城花，始共春風容易別。」不錯，看完牡丹，才甘心和又一輪的春日告別。

❈ 春盡日 ❈

送春歸，三月盡日日暮時。去年杏園花飛御溝綠，何處送春曲江曲。今年杜鵑花落子規啼，送春何處西江西。……五年炎涼凡十變，又知此身健不健。好去今年江上春，明年未死還相見。

在一千二百年前的今天，距今整整二十個甲子的時候，時年四十四歲的詩人白居易寫下了這樣一首詩。這一年是唐憲宗元和十一年（八一六），而這一天，是三月晦日，也就是春盡日。

晦日的說法，在古代是與朔日和望日對應的。朔日是每月初一，望日是每月十五，晦日是每月的最後一天。大月則是三十日，小月則是二十九日，其中正月晦日作為每年的「初晦」，更被古人視作重要節日加以重視。儘管這個詞和這一天在今天都沒什麼特別的了，昨天西曆上就赫赫然地「立夏」了，但這樣糊里糊塗地送走一年之計的「春」，也實在太過匆忙。張潮說春天是「天之本懷」，是造化自然本來的樣子，都該像春天這樣。從早春隱然的、幾乎要憋不住的生機，到仲春新芽初發，百花乍現的驚豔，再到暮春時節百花開到荼蘼的零落。因為一直在變化著，而且這變化還那樣明顯，所以人只覺得它的短促，仿佛只是寒與暑之間的一個過渡，讓人不得不珍惜，然後莊重告別。

只是這告別注定不能像它到來時那樣快樂，「帝城送春猶怏怏，天涯送春能不加惆悵。」白居易〈送春歸〉裡的惆悵，從皇庭帝闕一直延伸到天涯海角。上學時曾聽一位老師講：「春不僅是新的開始，也是美好事物新一輪流逝的開始。中國古人普遍覺得，人在時間上占的位置，遠比在空間上更為沉重。說是『永垂不朽』，但實際上，中國古人時刻都將自己放在赴死的洪流中。」所以，〈送春歸〉中的感傷，並不單是因為美好春天的流逝，而是他們在這一年年的流逝中清晰地意識到，時間一去不復返，它和生命一樣具有一度性，朝著一個方向走，再也不會回來。

這種認知無疑會讓人們惶惑，而且這種惶惑在每一輪春夏秋冬的循環中被一次次加深。在與春許下「明年未死還相見」之約的二十四年後的開成五年（八四〇）三月晦日，年近七旬的白居易在參加完一場熱鬧的宴會後，在這一天又寫了詩。這首〈春盡日宴罷，感事獨吟〉這樣寫道：

五年三月今朝盡，客散筵空獨掩扉。病共樂天相伴住，春隨樊子一時歸。
閒聽鶯語移時立，思逐楊花觸處飛。金帶縋腰衫委地，年年衰瘦不勝衣。

此時的白居易已至暮年。他無力再猜測來年此身健不健了，年過半百後，他「隨年減歡笑，逐日添衰疾」（〈三月三十日作〉），身體狀況是明顯的不好，加之故人又一一去世，愁病孤單已和他形影不離。悲傷懷舊也是人之常情，可巧合的是，仿佛愁苦卻偏偏在這一日匯聚。在白居易〈三月三十日題慈恩寺〉〈酬元員外三月三十日慈恩寺相憶見寄〉〈三月三十日別微之於澧上〉〈和微之詩三月三十日四十韻〉〈三月晦日日晚聞鳥聲〉〈春盡日天津橋醉吟偶呈李尹侍郎〉中，隨處可見像「惆悵春歸留不得」「盡在愁人鬢髮間」「醉悲灑淚春杯裡」「最恨七年春」這樣消極的句子。年少時沒有感覺，近年來才覺得，這消極或許源於坦誠。

而在一天之隔的立夏日（古時立夏是在春盡日後），白居易在〈和微之四月一日作〉中，就又扭頭寫出了另一番截然不同的氣象：「四月一日天，花稀葉陰薄。泥新燕影忙，蜜熟蜂聲樂。」仿佛一日之隔，他就已經從春盡日的消極中轉出來，轉而奔向了「春華信為美，夏景亦未惡」的樂觀，呈現出一派「靜拂琴床席，香開酒庫門」「慵閒無一事，時弄小嬌孫」的安閒景象了。

這麼短的時間裡完成這樣大的情緒變化，並不是因為詩人情緒敏感變化多端，而是當一個個體的情感被裹挾在漫長又堅硬的傳統中的時候，勢必要接受它的塑造與成全。在中國關於「歲時」的作品中，變化明顯的春秋占據了非常大的比例。夏冬則相對較少，只除了一些重要節日風物，情感上也顯得不那麼分明。但並不是所有國家的作品都是這樣。日本平安時代作家清少納言就曾在文中寫道：「四季的時節裡，有什麼有情味的，和有意思的事，聽了記住在心裡。無論是草木蟲鳥，也覺得一點都不能看輕的。」儘管只一海之隔，但日本的「季語」文學傳統中，對四季從來都是一視同仁的。這和「春女思，秋士悲」的中國文學傳統，是很不一樣的。

傷春之情，我想古今該是一樣的。所幸「一歲唯殘一日春」，請大家將所有的愁思都留在這一天裡吧。而明天，朱明盛長萬物繁茂的夏天，就真正來了。

朱夏

❊ 故鄉夏日 ❊

我陪我媽回鄉去取她的泡菜罈子。

爸媽最近在我所在的城安了新家。陌生的環境，照理說總該有點畏生吧，才不，老兩口興頭大極了。畢竟是再建立一個家呀！瑣事當然多，一桌一椅一瓢一飲的都要一點點用心收拾，爸媽愛乾淨，兩個人又一個比一個倔強，我便早早有自知之明地避開，把空間讓給他們盡情施展。誰料最終還是逃不過被抓壯丁的命運，他們捨不得故鄉的舊物，比如泡菜罈子。

驅車二百公里，穿過秦嶺就是故鄉。盛夏日裡，道旁草木茂盛，橋下河流蜿蜒。兩個小時的路途，足夠將沿途山水看個夠，便到了我曾生活過十幾年的家。許久不見，故鄉風光依舊，心怡親切之餘，忽然想起，這原是我的故鄉，卻不是爸媽的。

爸媽有自己的故鄉。他們當年順應國家支援三線的時代潮流，各自背井離鄉來到這座山水小城，當時都以為只是一個停頓，誰料一停就是大半生。同為異鄉人的父母在此相遇，成家，生子，扎下新的根系。日久年深，人事更迭，和故鄉的牽連也慢慢變得稀薄。

如今他們退休了，又當了新一代的姥姥姥爺，小城再不留他們工作，故鄉又無多餘牽絆，索性收拾行囊，來到獨生女兒的身邊。可畢竟是生活了一輩子的地方，我還是沒有按捺下好奇，父親嘴上說著「後路都斷了，還有啥捨得捨不得」，臉上卻是複雜不捨的神色。但沒有過大城市生活經歷的父親，還是很滿意他如今即將到來的生活的。而母親卻遠沒這麼瀟灑，小城二十幾個春夏秋冬，生活的種種瑣細都是她在操持，有太多的東西捨不下了，比如家裡窗臺下的泡菜罈子。

我理解父母那一代割捨不下故物的心情。人活到一定歲數，還有故物可眷愛，是難能可貴的好事。小時候讀漢代《古詩十九首》，有一句很難忘：「所遇無故物，焉得不速老」，若眼前的一切都是嶄新陌生的，人怎麼能不迅速老去呢？那麼反過來，是不是只要眼前有故物的存在，主人就會有一種錯覺，可以以之為媒，穿越回人生的任何一個階段。父母親如今都六十多歲了，可我總記得小時候他們在我眼裡的樣子。如今他們老了，小城卻仍如往昔，環繞的群山未變，穿城的漢水未變，城中的四時，都還是過去的樣子。

近來連日有雨，家門外的小院裡，爸媽早先種的蔬菜被雨水泡得東倒西歪。小院是他們三十多年生活的主戰場，春日裡的豆瓣醬、夏天的泡菜、秋天裡的桂花酒，和冬季年關前的燻肉臘腸，都是家中的大事。由得他們去折騰，我則獨自躺回小臥室的床上，聽夏夜故鄉裡許久未聞的落雨聲，滴滴答答，嘈嘈切切。這聲音一下子把我拉回到好久以前，小時候的我最愛靜靜地躺在床上聽雨。如今居住在高樓上，有雨落也是從鋼化玻璃外白白穿過，再難聽見這樣的聲音。

因為陰雨，久不住人的一樓房間散發出微潮的霉味。摻雜著從廚房漸漸漫過來的泡菜濃香，稱不上好聞，卻中和出一種難言的親切感來。不知是哪裡來的光射進來，落在天花板上的石膏雕花和下面裂開的縫隙上。我在這個天花板下失過無數次眠，姥姥去世後的很長一段時間，小小的女孩子，多少大人眼中微不足道的心事，都只能躲在這樣的黑夜，說給自己聽。還有掛在牆上的那幅寫滿名字的喜上眉梢圖，淺淺畫在木櫃紋路裡的鉛筆線，姥姥病重後睡的那張一窗之隔的小床，隔壁老太太家從來打理得精心的花圃，對面樓那個喪偶男人夜半打罵兒子時令人心驚的聲響，小區一頭斥了鉅資修建的後來充作公園的機關花園，當年用修正液畫在亭子柱子上的小鴨笨笨像，高坡下從小吃到大的那家小店的川菜……

記憶裡關於故鄉的種種細節，自十四歲離家起便被強行中斷。即便如今還能似是而非地出現在眼前，也已泛出老照片的舊色。我對這一切的感情實在複雜，小時候嚮往外面的世界，用盡了所有力氣想要離開，可如今真的連父母都要搬走，和故鄉最深切的關聯也要終結，又覺得萬般不捨。尤其是知道我們家所在的地區這兩年就要拆遷重建了。恐怕要不了多久，當年的痕跡通通都會被抹去，連同許多人過往的生活。我有多不捨，爸媽的不捨肯定更甚於我，不然他們也不會捨不得家裡一個陳年的泡菜罈子。

爸媽愛乾淨，家中從來沒有多餘的東西，一天時間，就能將他們幾十年的生活痕跡收拾乾淨。因為再回來不知道什麼時候，也就不著急回程，而是陪父母在附近走走逛逛。小城雖不是什麼經濟重鎮，但這裡的風景真的沒話說。因地處群山之中，城中沒有太大片的平地，滿城的高低建築便隨著山勢起伏而錯落。我找了片視野開闊的草地，俯瞰之處，有媽媽當年上班時要經過的那片長滿了玉米的草甸，當年聲動遠近的龍舟賽不知近兩年還辦不辦了，漢水兩岸擺渡的小船如今也不見了蹤跡。還有上河街城牆下的老房子，黑夜中零星的燈火，中渡村售賣蔬果鮮花的攤販……

一衣帶水，四面環山，這座小城和它所哺育的生活一樣，有種從來如此的沉靜感。城中一代的人們，沿白河岸邊建立家園，生育子女，經營柴米油鹽，經歷喜怒哀樂，紛爭和更迭都顧及不到這裡，每個人的眼前心中，彷彿都只有代表過去的山川河流，代表此時的年月朝夕，和代表未來與遠方的孩子。幾十上百年間，城中的人複製著婚喪嫁娶、生息繁衍的日子，沒有那麼斑斕和豐饒，卻也在日復一日中，實現著自己沉默的輪回。

我十四歲起便離家求學，然後輾轉南北，對歸鄉與否原本也並無執念，南方城市的清潤煙雨、柔美風物和百態民俗也曾讓我迷戀。當年若有合適機會，我也並非絕對不會在他鄉重新扎根。但命運卻有它的安排，我在他鄉遇見了同省的愛人，畢業後一起回到家鄉的省會，而後在此工作，定居，成家，生育，到如今接走父母，一切水到渠成。

說是還在同一個省中，但越過一道長長的山脈，兩城的風貌氣質截然不同。如今安家在西安，它歷史上的名字叫「長安」，有「長長久久」的美好寓意，是來自歷史深處的期盼。因為是省會，過去也曾隨著父母來過許多次。雖然它比起小城自然是喧囂熱鬧得多了，也有許多屬於現代都市的新奇和絢麗。但它最具特色的，還是你穿行於城中時，無意間邂逅的古老意蘊。這些年市裡對古城的風貌做了用心的整治和營建，連草木都被精細安排。春時有緋桃碧桃海棠櫻花，夏時有合歡石榴梔子淩霄，秋有南天竹銀杏和秋菊，冬有紅梅蠟梅映襯白雪。古城獨一無二的明清城牆和其下環繞的護城河，也為城池添了不少幽靜水潤的意味。和故鄉的山水一樣，長安的古意也是從很久之前走來，所以天然就帶著某種恆久不變的氣質，這在當下瞬息萬變的時代中給人無形的安全感，讓你相信世間還是有一些不屬於朝朝暮暮的事。於是便甘願放下心裡的那點屬於少年的不甘。它們都是心中的摯愛。

我和爸媽都把家安在城南，兩個住所都是我自己挑選了許久的。爸媽家的大落地窗是我最得意的收穫。窗戶自是尋常，但窗外的景致卻可遇不可求。天氣好的時候站在窗前，能遠遠望見城外連綿的終南。還有清早的旭日，傍晚的星月，深夜的萬家燈火，以及樓下街道的川流，與遺址公園建築的輪廓。而其中最重要的，是連兩歲的女兒都能指清楚的我家的方向。不像小城的親故遍地，他們在這個城市沒有太多親友，和女兒離得近，讓他們覺得安全。這不是我和爸媽的故鄉，卻將是女兒的。又一段異鄉人哺育故鄉人的記憶，則從此展開。

✻ 夏下簾來 ✻

立夏那天，把櫃子裡的風簾取出來，收拾平展後掛在了玄關。這是那年從雲南帶回來的，扎染後的玄青色色澤清涼，很適合夏天的感覺。這種儀式感來自童年，小時候每到立夏這一天，母親都會將去年秋老虎後洗淨收展的布簾子們取出來掛在門上，然後一直到中秋，都任房門敞著風。夏至之前，一天中最熱的時候也稱不上酷熱，電扇什麼的派不上用場，打開門通通風就舒爽了。那時候鄰居們都熟悉親近，各家整日門開不閉也是尋常事。但居家生活總不宜完全敞開，於是人們便放下簾來，在這若隱若現之間，繼續著平凡瑣細的日子。

記憶裡的夏天總是特別漫長，長得夠去做許許多多的傻事。那時常和小姐妹們一起穿梭在道道布簾下，像是穿越在電視劇裡簾幕深深的宮廷。偶爾一整個下午倒在簾後的藤床上，盯著簾子上的花紋被清風吹攏複舒開，心裡好奇遠處另一道門簾後的鄰家姐姐正在做什麼。偶爾透過它被風撩起的間隙瞥見外頭母親不在，便趕緊光腳下床偷吃一根冰淇淋……這都是兒時無聲的趣事，成年後，身邊的居住環境與習慣都發生巨變，不見人終日開門，這種習慣漸漸消失，如今在家中，再怎麼也不敢敞門不關，於是，也就不再有下簾的必要了。

但人們一直都是慣用簾子的。微風簾幕，花落春殘，深秋簾幕，千家細雨，都是古人生活中被成全於簾下的綿軟風致。而在寒冬酷暑，簾子更是少不得的物品。過去人們改變周圍環境的能力有限，所有的生活用品都得遵循著自然規律來使用。夏天用輕巧的紗簾、竹簾還有珠簾，冬天則選取厚實的棉簾、皮簾。冬天用大厚簾子雖然擋風遮寒，但既不通風又不透光，一旦掛上，頃刻間滿室昏暗，憋悶壓抑。但在保暖條件不佳的古時候，似乎也沒有更好的方法來抵禦嚴寒。這種厚布簾曾經也很常見，如今在某些正開著空調或供著暖氣的商場門口，都是用這樣一道相似的棉簾，來隔絕裡外一冷一熱的兩個世界。

簾在古籍中常被寫作「戶蔽」，專門被用來隔絕隱私。「昔歲幽院中，深堂下簾幕」，嚴絲合縫地遮蔽住人們不願展示於外的種種私密日常。且它還是搖曳的，某些說不清道不明的風致，便隱在這一重又一重的簾幕中了。猶記《紅樓夢》中，大觀園裡的院子和院子之間，垂花門和月亮門之間，甚至一間屋子裡的內室和外室之間，都隔著各式各樣數不清的簾子：珠簾、竹簾、草簾、湘簾，還有軟紗簾、猩紅氈簾，等等。平時生活裡的走動，主子們來了，丫頭們要打起簾子，主子們去了，丫頭們又放下簾子。丫頭們又被稱作「捲簾人」，李清照的詞，「試問捲簾人，卻道海棠依舊」。而主子們這一去一來，捲簾人這一打一放，說不盡的意頭就盡在裡面了。丫頭們在簾下，居家人則在簾後，人們與這花落花開、雲卷雲舒、月缺月滿、燕去燕歸、雨絲風散之間，盡在這一簾之隔了。

但大觀園中，最精緻的簾後人當屬黛玉。有一個情節印象很深，有回她臨出門前，專門交代紫鵑說：「把屋子收拾了，撂下一扇紗屜，看那大燕子回來，把簾子放下來，拿『獅子』倚住，燒了香就把爐罩上。」只是一句閒話，可這個女孩子對待生活的認真與風雅便都在其中了。還有眾人詠白海棠的那一次，寶釵是「珍重芳姿晝掩門」，誰都窺探不到任何細節。而到了黛玉這，就成了「半卷湘簾半掩門」，成就一段天然的風姿。湘簾是湘妃竹做的簾子，在中國有相當古老的歷史。湘妃竹表面有褐色的斑點，人們傳說這是舜帝二妃娥皇女英的眼淚化成的。這種聽起來就覺得浪漫的簾子，在大觀園中只有黛玉的瀟湘館裡有掛。多少次「湘簾垂地，悄無人聲」，多少次「半卷湘簾，待那人來」。曹公一點細節都沒落下，就連一道薄軟的簾子，都暗合著「還淚」的主題。還有黛玉的那首〈桃花行〉裡唱的：「桃花簾外東風軟，桃花簾內晨妝懶。簾外桃花簾內人，人與桃花隔不遠。東風有意揭簾櫳，花欲窺人簾不捲。桃花簾外開仍舊，簾中人比桃花瘦。花解憐人花也愁，隔簾消息風吹透。」一道簾子，朦朦朧朧地隔出了青春正好與桃花灼灼，如果沒有那道簾子，也就沒有了古人詩中那「人面桃花相映紅」的浪漫了。

其實也只不過是一方簾子，但生活卻因這一點點變化有了不同。從風水上說，玄關處多了些遮擋，不是一眼到頭的直來直去，也為家裡積出些氣運。從視覺上，也不再那麼一目了然，家居也多留了些氤氳的餘地。幾次，丈夫晚歸回來，一進門就迎上了從簾子透過去的微光，心裡瞬間說不上的溫暖熨貼。而我有時坐在房中，看著簾子微動，不用走到窗前，便知道又有風吹進來了……

立夏時節，拂過暮春縈繞不去的傷感，天地之間開始熱鬧起來。每日從外面的繚亂中歸來，就只想「簾兒底下，聽人笑語」。眼前這簡簡單單的一方簾子，從古至今，不知旁觀過多少平凡的居家生活。比起那些大起大落、常為人津津樂道的大事件，眼前這閒閒的簾下生活，始終帶著溫和、親切而活生生的煙火氣息。

✻藍田谷✻

長安附近有藍田。「藍田日暖玉生煙」的藍田。

藍田有華胥谷，有白鹿原，有湯峪，有王維的輞川故地。這裡的山水是鄰家少年式的，好看不惹眼，平凡自來熟。淡是淡了些，但若要想找個什麼崇山峻嶺茂林修竹，清流激湍映帶左右的，倒也不缺。是平時最喜歡的去處，每年都得去幾次。

丈夫不讀王維的詩，好吧，事實上他不讀任何詩。但是我讀的時候他會聽著，我說想去一個能讓我靜下來的地方，他也能理解，然後驅車兩個小時陪我來飛雲山下的輞川河岸。這讓我覺得幸福。

一直覺得輞川有一種奇異的魅力，儘管一千三百餘年過去了，當年王維用心營建的鹿柴、竹里館、辛夷塢等去處都不在了，據說可行船十幾里的輞河也只剩下了乾枯的河道和一點細流，但依然覺得這地方無可名狀地吸引人。「晚年唯好靜，萬事不關心」「君言不得意，歸臥南山陲」，都是因為這裡的存在吧。不過如今輞川著實沒有什麼景點，本來可以開發的輞川別業、鹿苑寺、王維墓等遺址都沒怎麼開發，唯一可以算得上遺跡的只有一株相傳是王維手植的銀杏，也孤零零地立在山裡一座廢棄的工廠中。

《藍田縣誌》中有這樣一段資料：「王維墓位於陝西省藍田縣輞川鄉白家坪村東六十米處，墓地前臨飛雲山下的輞川河岸，原墓地約十三．三畝。現被壓在向陽公司十四號廠房下。〈唐右丞王公維墓〉碑石被向陽公司十四號按石料使用，壓在水洞裡。墓前遺物有清乾隆四十一年（一七七六），督郵程兆聲和陝西巡撫畢沅豎立的碑石兩座，『文革』中被毀。王維的母親也葬在此地。交通部六處修輞川公路時將王維母墳塔平毀。當年建設中的短視行為給藍田的文物旅遊資源造成了難以彌補的缺憾。」還有王維種的那棵樹，也因為修路被削去了一大條旁枝，成了一棵殘疾的樹，滄海桑田，可惜得很。

我愛去的這個山谷，這些年每次來都鮮少碰上其他遊人。整個山裡空空蕩蕩，是一個可供恣意遊玩之地。春天看了「雨中草色綠堪染，水上桃花紅欲燃」，夏天再來，就是「漠漠水田飛白鷺，陰陰夏木囀黃鸝」了。再然後是「空山新雨後，天氣晚來秋」，最終是「隔牖風驚竹，開門雪滿山」的萬籟俱寂。

二〇一八年我因為懷孕生女，有大約一年多再沒來過山谷。等久別重逢，便是輞川最繁盛的盛夏時節。我們一家三口，我和丈夫，抱著新生的女兒，從白家坪上去，穿過幾個隧道，車一直開到那株王維手植的銀杏樹下。盛夏山間剛下過雨，任情生長的草木織在一起，層層疊疊，綠得有層次卻不分明。我坐在樹下石凳上翻了會兒〈輞川集〉，跟丈夫說，一千多年前的這會兒，王維或許正從鹿苑寺走出來，穿過我們現在在的地方，然後走去那株銀杏樹跟前給它澆水。丈夫聽得汗毛倒豎，緊緊抱著女兒，說你別是見了鬼。

回來路上丈夫問：「我最近好像見你在讀蘇東坡，著迷樣子，他倆誰更好？」「不好比較，硬要比，可能蘇軾更受大多數人的喜歡。」但我們並不會只因為最好而愛上一個人、一首詩、一個地方。王維於我一直特別。世上活得成功精彩的人或許很多，他們得到了權力或財富的成全。可權力獨斷，財富善變，依附於權力和財富的認可也都是脆弱的。古往今來活明白了的人其實並不多，我覺得王維算一個，他身上始終存在的那種與世相違的距離感讓我著迷了許多年。當年，王維後期半隱於這片山水間，完成了生命之美的圓融。他整個人、他的生活，本身就是一種藝術成就。「我心素已閒，清川澹如此」，也不是一種推崇，而是友，是天地之間，此人此詩此境與此時之我「調和」。肯定有能勝他的，不惟情和煙火氣力。但有關心處，又有同遊止，他獨一。就像此時此刻，這松林青草的輞川山水就在眼前。這幾年，我隔段時間就帶著疲倦來此，然後再帶著一身輕鬆回去。是關心之人之事之處，看了許多年，是看他也不是看他。

但這山谷還是太空寂了，如果沒有丈夫在身邊，我應該會覺得十分寂寞。

藍田山中還有幾個很幽靜的深山古寺。王維手植銀杏旁的鹿苑寺已不存，不然肯定是最愛的。但附近的悟真寺也喜歡。也是從六朝算起的淵源，唐時盛極，曾和今天的水陸殿等一起，在王順山下繁衍出好大一片香火。

到如今當然也都是沉寂。因為不是熱門景點，又離城市太遠，平時就門可羅雀，最近又趕上疫情，更是空蕩成山間一座寂寥庭院。

也未見僧人，不知道是沒出來還是趕盡了。不然能親眼看見有人在這藍田山水間修行，也能叫紅塵中的來客帶回幾縷世外氣息。「清晨入古寺，初日照高林。曲徑通幽處，禪房花木深」，山裡就是這個樣，一千年前的人看到的，和今天並沒有什麼不同。母親很喜歡院中的老樹，覺得豐茂有靈氣。而父親則更喜歡殿中百年前的雕塑。那是寺中唯一有點聲名的建築。有說法是唐代傳下的，不現實，就連隱於晉中不知名深山的佛光寺都只殘存些木構，更何況終南裡這些招眼的祖庭。看著感覺像是明代的，也確實沒在別處看到過這樣陣容完備、神形立體的神佛組合。我喜歡看建築，但既有「小敦煌」的名聲，完成這些雕塑的工匠手藝確實是很好的。

還是想起鹿苑寺。其實距離差不了多遠，那裡曾是王維的家。不知這裡當年又是誰的家？很多有能力的文客都做過這樣的事，先是在深山遠水中營建別業為宅，而後舍宅為寺，供僧侶修行，以贖塵業。贖盡了嗎？應是沒有，鹿苑寺仍舊片瓦不存了，那座廢棄的廠房，至今還壓在當年的輞川別業故地上。不然，它到如今，應就是眼前這悟真水陸的樣子吧。

◆※大滿與小滿※◆

這日小滿。《月令集》中說：「四月中，小滿者，物至於此小得盈滿。」這裡的物指的是麥子之類夏熟農作物開始漸漸飽滿，不過此時只是「小得盈滿」，因為這些作物卻並沒有成熟，算不得大滿全滿。而二十四節氣中也並沒有像大滿這種標誌著全盛時期的節氣，似乎人們對完滿並不全心期待，反倒是面對小滿這樣將盛未盛的節候時，心中喜悅。

物候有大滿，但人卻不愛提及大滿，這並不是沒有由來的。漢代《周易》中就記錄了「日中則昃，月盈則食」的規律，太陽自東方升起，一到正午就要偏西；月亮一點點盈滿，及至滿月時就會虧缺，這是很正常的自然規律，卻被文人很敏感地捕捉到，然後套上世態人情。

就像《紅樓夢》開篇不久，秦可卿就對王熙鳳說了一句，「月滿則虧，水滿則溢」。原本那時是賈府最炙手可熱的時候，但裡面的人卻已經從安樂中生出憂患來，覺得「登高必跌重」，這個叱吒百年的家族，「一日倘或樂極悲生」。聽得潑狠如鳳姐都心生敬畏，惶恐地問怎麼才能永保榮華富貴。只聽秦可卿冷冷嗤笑回去：「否極泰來，榮辱自古周而復始，豈人力所能保常的。」她說得篤定，認為人世盛極而衰就是必然的規律，絕對不是人可以影響的。人能做的最多就是居安思危，於榮時籌劃下將來衰時的世業，就算是「常保永全」了。

在文人心目中，「物極則虧，禍盈而覆」的觀念可以說是根深蒂固，歷史的許多事實也無意間鞏固和成全了這種念頭。於是，和全盛「大滿」時期隨時都要擔心傾覆的惶恐相比起來，「小得盈滿」看起來安全得多。況且「小得盈滿」也不是不盈滿，而是欣欣向榮，扎實地朝著人們所期待的方向走，是人們心中一個既安全又符合期待的地帶。

但即使再惶恐，事物也不可能永遠停留在這將盛未盛的階段，更何況這個在文人眼中樂觀的時節，對於真正的農人而言，卻不是那樣好過的。小滿有三候：「一候苦菜秀，二候靡草死，三候麥秋至。」苦菜是指野菜，品種雖然多樣，但因為共同的特點：味苦而得名。小滿的第一候，麥子將要成熟，卻仍處在一個青黃不接蕪蕪雜雜的階段。常聽老家的老人跟我們感嘆：「你們這個年代出生的小孩子多好啊！有吃有喝。」小時候無知又無情，也嫌長輩們勒令我們吃的主食難吃。心道有吃有喝算得了什麼呢？好吃好喝才算好。這裡的好吃好喝，指的是各式各樣的零食小吃和花花綠綠的飲料。然而在以前，小滿時節的農人往往沒有多餘的東西可吃，只能用野菜充饑。

靡草是一種枝葉很細很柔的草，喜陰，在朱明盛長的夏日很難存活。小滿節後，真正的夏天撲面而來，這種柔弱的草難以抵擋這霸道的陽氣，紛紛死去。而在這「靡草死」的第二候過去之後，農人的好日子才算來了。小滿的第三候「麥秋至」，乍看像一個秋天的節日，這個節候最早叫「小暑至」，在元代才被改成現在的名字。雖然是在夏日，但對於麥子和植麥農人而言，卻已經是成熟的秋天，所以叫「麥秋至」。農人才管不得什麼「水滿則溢，月滿則虧」，這對他們來說太虛無了，而穀子充盈飽滿的顆粒才是他們所期許的，才是屬於他們的「大滿」時節。對於文人來說心有戚戚的意味，農人們恐怕不能完全理解。因為他們的「滿」並不是隨時要衰敗傾覆的預兆，而是意味著他們再也不必忍饑挨餓地吃苦菜了。這樣植根於土壤和衣食的悲歡，比起文人墨客的傷春悲秋，更具切實的力量。

✻扇底風涼✻

小滿後，氣溫一天比一天高，但又拿捏著分寸，不急著奔赴夏至的酷烈。於是，空調電扇這些功能霸道的電器一時還不必出場，只需從抽屜或者櫃子裡取出三兩把扇子分給家人，就足夠搖動這初夏與仲夏的交界處了。扇子是夏天裡少不得的東西，紙張裁出的折扇，竹木編織的草扇，羽毛粘製的羽扇，甚至還有逛街時商家發的印著廣告的塑膠扇……不管是哪種形態，反正總是要有的，才好叫人們用它來過渡眼下這樣的時節。

扇子在中國出現的時期很早，《說文》中說：「扇也，門兩旁如羽翼也，故從戶從羽。」本意是指門邊的羽翼，可見扇子最初並不是用來扇涼的。先人們用野雞等禽類的尾羽製成長扇，也叫「障扇」，用作帝王及貴族出行時蔽日遮塵的儀仗。這種用途當然不適合普及和推廣，好在後來扇子的形制越來越小，也越來越便攜，於是到西漢後，人們就開始用扇子扇風取涼了。關於扇子用途的漸變，有個標誌性的人物值得一提，這便是三國時的名將周瑜，蘇軾詞裡描繪過他的經典形象：「羽扇綸巾，談笑間、檣櫓灰飛煙滅。」大敵當前，還能氣定神閒地拿把羽扇淡然談笑，的確是名將之風。而他拿的那種羽扇，相當於縮小版的「障扇」了。而到了東漢，人們又將扇子的材質從羽毛拓展到綾羅一類的絲織品，一來更加輕便小巧，一來也方便在上面點綴繡畫。其中，圓月形的扇子被稱為「紈扇」或「團扇」，也叫「合歡扇」，白色圓狀絹面上的刺繡圖案精美絕倫，有時還有正反雙面繡的，每面上繡著的圖樣各不一樣，卻都栩栩如生。圓絹下配上竹木、獸骨甚至玉石等做成的手柄，還有墜子流蘇之類的裝飾，精緻小巧。

有的時候，人們的某種心情，的確可以通過器物來表達。若想要展現過去女子閨閣生活的悠閒、寂寞與苦悶，恐怕再沒有比這一柄團扇更恰如其分之物了。這種「團扇」「紈扇」最早是宮廷貴族的用物，後來才漸漸普及到女孩子們的日常生活中，成為

一個經典的閨閣意象。「七寶畫團扇，燦爛明月光。餉郎卻暄暑，相憶莫相忘。」浪漫而有風致。漢代班婕妤寫過一首著名的閨怨詩〈怨歌行〉，當中就以團扇自喻：「新裂齊紈素，皎潔如霜雪。裁為合歡扇，團團似明月。」詩中用種種綿密富麗的意象，來反襯宮妃失寵後的淒清孤獨。後來唐人用詩寫她的境況，也不忘提到團扇：「奉帚平明金殿開，且將團扇共徘徊」，當善變的君王再不在她處停留，她唯一能擁有的，就只剩這一方清冷的院落和這一柄象徵著「合歡」的團扇了。

大概團扇真的很符合人們心目中對於深宮生活印象吧。影視作品裡常見這樣的場景：宮妃百無聊賴地斜倚在榻上，臉上是屬於青春的精緻妝容，神情卻帶著衰敗與寂寞。扇子常常出現在這樣強烈的對比中，或是由一旁的宮女緩緩打著，或是搓磨於主人公自己的指掌間，手腕一搖手指一捻，扇子就動上一動，螢幕外的我們自是感受不到扇子動搖出的微風，但這漫長到需要刻意打發的宮廷時光，卻在這動靜生逝間重疊在一起。還有唐代名畫〈簪花仕女圖〉，花和美人旁的顯眼處也有一把團扇，一個身著寬袍、臉上帶笑的仕女手上擎著它，團扇的白底上，牡丹花正開得熱烈。還有唐代杜牧，也曾在詩作〈秋夕〉中將類似的畫面寫得很足：「銀燭秋光冷畫屏，輕羅小扇撲流螢。天階夜色涼如水，臥看牽牛織女星。」這場景當中，恆久的寂寞伴隨著恆久的美，而那把輕羅小扇，則是這寂寞與美之中的點睛之物。

為了追求更精巧的形式美，後代的人們又將自己無窮無盡的想像力，施展在這小小的一方素羅中。除了滿月形的團扇，還有各種葉形、各種花形及各樣的多邊多角形的扇子。扇面上的顏色花樣也都各異，以絨線繡上人物、花果和草木等各種精細圖案，甚至還有人用重金聘請刺繡名手來繡，使兩面繡紋如一。順便一提，我還喜歡一種叫碧紗扇的紈扇。這種扇子是用碧紗為面，綠竹作柄，聽起來就是一把很適合夏天的扇子呀！

團扇是獨屬於女孩子的精緻。即便是儒雅風流的周瑜，拿著把「團團似明月」的紈扇，恐怕也頗覺違和。不過除了羽扇，自然也有適合男人們把玩的扇子，這就是直到今天依然廣受歡迎的折扇。最晚在晉代時，折扇就已經成為貴族腰間必備的時尚品了。晉代的〈子夜四時歌·其五〉中：「疊扇放床上，企想遠風來。」這裡的疊扇就是折扇。因為多是紙做的便於書寫，所以文人們經常會在上面作些書畫，很多書法家都有信筆題扇的愛好。如今浙江紹興還有座題扇橋，據說就是當年書聖王羲之為賣扇老嫗題扇時的故地。

時值小滿，扇底風涼。小扇搖出的愜意與安寧，除了眼下的小滿時節，其實也沒有太多機會再去體驗了。小時候在外婆身邊，夏日傍晚太陽落下去後，她就會抱著我坐在老樹下，手上拿著把這樣那樣的扇子慢慢地搖。不知怎麼就趴在她膝上睡著了，夢中帶著夏夜的風，那時總覺得，長大和分別還很遙遠，有她陪伴的日子總會像這扇底的微風一樣悠長。

❊ 芒種，麥隴黃 ❊

春天裡時間划得快，從雨水到驚蟄，時光簡直像飛一般，可是轉眼入夏過了小滿，時間彷彿就慢下來了。後天就是芒種了，分明也是兩周的功夫，卻讓人覺得好像已經隔了很久了。小滿第三候「麥秋至」過後，麥子成熟的季節真正到來。麥子成熟期短，且這時節夏雨也頻繁，收麥子的好時機稍縱即逝，割麥的農人免不了一場「忙亂」的硬仗。而在這之後，農人也要作起新打算來。《月令七十二候集解》中說：「芒種，五月節，謂有芒之種穀可稼種也。」

芒種的「芒」字，本義是指麥子等作物種子殼上的小刺，「種」，則是作物播種的信號。中國南北差異大，芒種時節的北方，成熟的麥子該要收割了。而在南方，則是播種水稻等作物的時節。不管怎麼說，這都注定是一個農忙的時節。又因為「芒種」二字又和「忙種」諧音，所以預示著又一輪農忙時節就要到來，農人們都要「忙種」起來了。

因為關乎百姓生計，所以芒種在古代一直備受重視。《宋史》中記載，南宋時淮河流域曾有動亂，戰事稍平後宋理宗的一句話。他這麼問臣下：「賈似道已有淮甸肅清之報，不知田疇尚可及耕種否？」顯然，對於此時這個沉湎酒色不能自拔的帝王而言，和賦稅直接掛鉤的田疇收成當然比百姓的死活更讓他感興趣。而這時的南宋朝廷，皇帝昏聵，宦官專權，已經顯露出亡國的徵兆來。

這話一問，當時著名的賢相謝方叔回答：「兵退在芒種前，猶可及事。」謝方叔是中國歷史上唯一的羌族宰相，眼看南宋大廈將傾，他曾強烈渴望有所作為，力挽狂瀾於既倒。他早年曾上書宋理宗，希望他能居安思危，「秉剛德以回上帝之心，奮威斷以回天下之勢」。謝方叔非常關注百姓的生活，有一次，南宋境內連日陰雨。宋理宗問他和一個叫鄭清之的臣子：「積雨於二麥無害否？」鄭清之回答道：「目前雖不為過，然得晴則佳。」說了等於沒說，可是謝方叔則回答：「麥子似無害，可是蠶事畏寒，恐少減分數。」不僅說出了其然，而且還細緻到了其所以然。這樣的一個人，能夠在春夏這麼多時節中一下子挑出「芒種」來，就不奇怪了。可惜的是，謝方叔後來在和宦官的鬥爭中落敗罷相，而在他去世三年後，蒙古人攻占了臨安。

關於芒種，還能引出一個頗有口碑的官員，年代比謝方叔還要早。他叫阮長之，是南北朝時期的南陳人，在當時是出了名的孝子。阮長之為人清正，正到什麼程度呢？那時州郡縣的官員政績考核，都以田租收入掛鉤，而且是以芒種節氣作為期限的。如果哪個官員在芒種節前辭去官職，那麼一年的俸祿就都歸繼任者所有。如果在此後辭去官職，那麼一年的俸祿就歸前任者所有。這樣的算法其實不算公道，但卻恰恰說明了這個節氣的重要，足以決定一年的年成。有一回，阮長之因故離職武昌郡，接替他的人沒到，他就在芒種的前一天辭去了官職。阮長之曾對人說，他「一生不侮暗室」，就是即便是在無人可見的暗室中，他也不會做虧心的事。言出則踐，後來他又去別處做官，無論在哪裡，都磊落有風骨，為後人稱道。

在古代，芒種這個看似務實的節日，其實也是有浪漫的因子的。《紅樓夢》中記載了古時這天的風俗：

> 凡交芒種節的這日，都要設擺各色禮物，祭餞花神，言芒種一過，便是夏日了，眾花皆卸，花神退位，須要餞行。

其實按現在的說法，立夏之後就算夏天了，然而初夏寒熱交替，非要等到芒種後「逢花已自難」的時候，才預示著炎熱的夏天真正到來。因為再難見到花開，所以更要隆重地與花辭別，大觀園裡的女兒們，「或用花瓣柳枝編成轎馬的，或用綾錦紗羅疊成干旄旌幢的，都用綵線繫了」。把園子裡的每一棵樹每一枝花上，都裝扮得花枝招展，用來告別鮮花和春天。有實在地扎在土地裡的，也有浪漫地飄在風中的，那些漫長年歲裡周而復始的時節。

艾草有心，何求人折

端午節，去山深處，聽聽水聲。仲夏水草豐茂，水邊艾草叢生，有山民在采，女兒新鮮之下有樣學樣，小胖手拔得很高興。看著她那笨拙的樣子，恍惚間讓時光回溯，童年時每年端午的清早，我都會跟著姥姥和媽媽去郊外拔艾草。那一天人們往往都趕早，艾草上的露水尚未乾透，就被人們一撥撥地拔去。艾草的葉片和菊花很相似，雖然也是草本植物，但色澤卻迥然於其他，淡青中點染幾分明澈的蒼白，很孤寂，又有些清傲，仿佛明白眼前這些人都是為它而來。

端午節要用艾水洗澡，是故鄉的風俗。因為地處巴楚一代，楚俗浸潤很深，故鄉的人們對端午節的習俗很重視。又因為漢水穿城時很是磅礴，天時地利人和之下，孕育出規模相當大的龍舟賽。端午的龍舟賽是小城的盛事，小時候每年的這一天，漢江邊都擠滿了觀賽的人。後來市政府專程在河的兩岸認認真真修了看臺，供市民觀賽。

這是一年一度的大熱鬧。小時候每年端午，都要跟著一眾玩伴們在人潮中瘋跑半日，才啞著嗓子、大汗淋漓地回家。母親早備好了一大盆艾水，就等我進門端出來。

她堅信老人們一代代傳下的話，認為端午節用艾草洗完身子，蚊蟲不咬，百毒不侵。

艾草是適應性極強的植物，它生長在荒地、田埂中，不僅茂盛，數量也不少，足夠去的人紛紛滿載而歸。記得當時問過母親，為什麼大家都要在端午節這天來拔艾草，母親說風俗是這樣，又說這種草具有藥性，掛在門上既能治病，還可以辟邪。幼時的我本就對這種香味獨特又能藥用的草很有好感，「辟邪」的神秘說法又極其神秘，所以艾草理所當然成為我心中最能代表端午節的意象。

其實，艾草和端午節的聯結有很深的淵源。宋代孟元老《東京夢華錄》中描繪了端午節時家家懸艾的場面：「自五月一日及端午前一日，賣……佛道艾，次日家家鋪陳於門首，……又釘艾人於門上，士庶遞相宴賞。」這萬人爭相鋪草的盛況，一年恐只在這一日可見。張岱在《夜航船》中也提到了艾草「辟邪」的功用：「端陽日以石榴、葵花、菖蒲、艾葉、黃梔花插瓶中，謂之五瑞，辟除不祥。」艾草作為人們願望的載體而受到重視，甚至還曾有過「艾與百草縛成天師，懸於門額上」這樣的儀式。

艾草為人所關注的還有它的藥性。南北朝宗懔在《荊楚歲時記》中提到艾草：「雞未鳴時，采艾似人形者，攬而取之，收以灸病，甚驗。」說的就是艾草的藥用價值。李時珍在《本草綱目》中詳細記錄了艾草的藥性：「艾以葉入藥，性溫、味苦、無毒，純陽之性，通十二經，具回陽、理氣血……等功效，亦常用於針灸。」恰好和《荊楚歲時記》中的「灸病甚驗」相合。而且艾草是年分越高藥性越好，所以才有《孟子》中「七年之病，求三年之艾」的說法。

端午節處在芒種後，此時陽氣正炙，氣溫回升，多種疾症正當易發時，而具備「純陽之性」的艾草，和無法抵擋小滿時節愈盛的陽氣而死去的「靡草」恰恰相反，它有很強的生命力，所以才能在這個時節發揮藥性，保護人們的健康。「凡物感陽而生者，則強而立；感陰而生者，則柔而靡。」艾草擁有「強而立」的質地，因而「懸於戶上」，便可「禳毒氣」。所以才堪與端午節一道，承擔起千年延續的文化價值。

草木眾多，艾草只能算泱泱眾草中的平凡一株。而人們自古崇尚自然，和草木之間的淵源深厚，常將自己的情感投注其中，歷代詩文中幾乎遍地可見與草木有關的句子。就像孔子在《論語》中說《詩經》，就提到了「草木之名」可以讓人們借來「興觀群怨」的功用。而《詩經》中提到的各種草木，也的確都附著了情感和意義，引出人們的百種情思。而在端午節所祭奠的愛國詩人屈原的詩中，也常能見到有關香草的意象。他詩文中的人物，像「被薜荔兮帶女蘿」「辛夷車兮結桂旗」「被石蘭兮帶杜衡」的山鬼，簡直就是用山林草澤裝扮而成的草木精靈。還有什麼「蘭令人幽」「菊令人野」「蓮令人淡」等，其實誰不知道這只是人們的一廂情願呢？唐代詩人張九齡就在他的〈感遇〉詩中替草木代言：「草木有本心，何求美人折！」

小時候歲歲端午的艾草氣息，給我的潛意識裡扎下了根深蒂固的淵源，以至於十幾歲離家之後，我都會因為再聞不見那股藥草的清香而悵然若失。直到近些年，端午節的艾草香味才隨著父母和孩子重新回到生活中。但這已不是專屬於我的了，它已變成姥姥姥爺的心意，被交託給更小的孩子。女兒丸子有個很可愛的小性情，天生對黑色的東西有著本能的嫌惡，平時看見黑色的食物，就算再餓，也怎麼都不肯吃一口的。更何況要把她往一盆黑水裡栽。果然，鎖緊了小眉頭哭叫了半天，未果，只得大義凜然地立在澡盆裡，高仰脖子緊閉眼睛，咬著牙喊叫：「不要！不怕！不要！不怕！」

逗得不行。母親笑哄著把孩子洗完，包好了遞到我懷中，幼童的奶香味混雜著淡淡的艾草清香。那一刻百感交集，父母日漸老去，當年的少女也已成年，新一代的孩子在懷中。歲時和人世一起，無聲無息地輪轉。真好，這人世間的時節。

❊ 夏至極 ❊

仲夏時節，去看姐姐的路上，偶遇幾朵碎在枝頭的花。都是特別清秀的模樣，通身鄰家少女的氣質。也都有個好聽的名字，「珍珠梅」與「無盡夏」。

夏至一過，全盛的夏天就鋪天蓋地的來了。此時天地間積蓄夠了的暑氣，一下子釋放出來，衝得人一下子受不了。夏至是一年中白晝最短的一天，夏至之後，日暮就來得越來越早。不過一時倒也感覺不到這細微的漸變，只是在這一天長過一天的白晝裡，一點點體察到天地的秘密。

夏至是二十四節氣中第一個被確定下來的，一千多年前，人們通過測量太陽下事物的長短，確定了這個節氣。日影隨時間推移變化，冬日最短，夏日最長。究其原因，可能在於日月輪轉中，留下的一個「極」字。《漢書》中記載：「日月之行也，春秋分日夜等，故同道；冬夏至長短極，故相過。」日升月沉是自然規律，但隨之產生的寒暑卻與人相關。於是，一年之中極寒極暑的這一天理應被人們隆重地記錄下來，用以紀念。

不過，若照著「日中則昃，月滿則虧」的說法，和夏天開頭的「立夏」比起來，「至」則並不代表著一個開始，而是昭示著一個終結，自夏日起的一派繁榮開始微變。《後漢書》中這樣寫這個微變：「仲夏之月，萬物方盛。日夏至，陰氣萌作，恐物不楙（茂）。」意思是說，仲夏本是陽氣繁盛的時節，萬物都朝著愈來愈欣榮的方向發展。而夏至是這繁盛的頂點，然而也是在這一天，天地間的「陰氣」開始悄悄地復甦。自然總是在人覺察不到的時候悄悄顯露它的神異，天地間有陰陽，陰陽交替，四時相續。然而這交替卻是一點都不突兀，而是彼此摻雜著，絕不涇渭分明。夏至是一年中最熾烈的一天，沉睡多時的陰氣本該對這一日避之不及，但實際上，它卻偏巧從這一日開始復甦。與之相對應的，是陽氣也從這一天開始衰退了。

牽一髮而動全身，這種復甦當然會產生物候的徵兆。《禮記》中說：「夏至到，鹿角解，蟬始鳴，半夏生，木槿榮。」鹿在古時候一直同「麋」相對，兩者雖然是同科裡非常相似的兩種動物，但古人用區分「鳳」與「凰」的想法來區分二者，認為它們一個屬陰一個屬陽。鹿的角是向前而生，在方位上屬陽。到了夏至這一天，陰氣萌動而陽氣始衰，於是，鹿角便開始脫落，這就是「鹿角解」。枝頭的知了在夏至後也感覺到了樹木漸染的陰濕，於是開始鼓翼而鳴。在有些人印象裡總覺得蟬鳴是伴隨著整個夏天的，但其實不然，細心觀察就可以發現，蟬鳴往往是自夏至日後才開始的。

天地間氣息的變化當然也會蔓延到田間地頭。小滿後因為陽氣熾烈，田間的靡草因為承受不住那樣烈的陽氣所以死去，而在它們沉睡一月後，陰氣復甦。性喜陰濕，常生長於仲夏的濕地中的半夏開始出現。陰陽周而復始，草木亦周而復始，只是草木可得數秋，人生卻只有一世，所以人們無法用草木那樣的隨性姿態去對待一年一度的輪回，而是要用虔誠而審慎的姿態，去探求天地間最細微的變化。

還有「木槿榮」，木槿正是在這個時候開花。《本草綱目》中描述這種花：「五葉成一花，朝開暮斂。」木槿花每每於清晨開放，日落便收攏垂敗，好像只願向日而生。近年城市中綠化多用這種花，應該有花期長的緣故，它能從五月開到十月，大大填補其他夏花絢爛卻短的缺憾。因為到處都是，也因為沒其他花跟它爭妍，每天出門回家都能看上幾眼，也因為平凡，到處都是一樣，清早還新著，傍晚就舊了。朝開暮斂，從無例外。就覺得它平平無奇的枝葉中蘊藏著一種別樣的韌勁兒，絕沒有看起來那樣柔順，不想輕巧地遵循生盛衰敗的規律，不願輕易把自己委身時節。但就是這循環的層出，卻比恆定絢爛的那些更讓人覺得無窮。於是它成為真正能占領夏秋空間的花木。

晉代羊徽有〈木槿賦〉，裡面寫道：「有木槿之初榮，藻眾林而間色。在青春而資氣，逮中夏以呈飾。」花開半夏，朝生夕死，是頗有靈性的花木。《詩經》中記錄了一個男青年讚揚同車的女子「顏如舜華」，「舜華」指的就是木槿花，但其實我一直不理解這個男青年為什麼要用此花來比美人，無意中隱喻了陰陽交替，紅顏薄命，讓人覺得感傷。不過，我曾在一封古人的書信中看到一句這樣的話：「木槿夕死朝榮，士亦不長貧也。」這是從天地的變換中，照見了草木的榮枯，然後用來寬慰波折人生的一種方式吧？

夏至已過，天氣雖然還炎熱著，但天地間的暑氣已經開始消退很久以後才被人們所覺察。

❊荷花風❊

昨晚回家，看到小區門口賣花大叔的架子上有賣荷花。最後一束，一張塑膠紙四枝花苞裹一起，賣二十元。

貴，因為它最外層已有些泛黑的顏色，和脫水到略微卷起的粉色花瓣。儘管大叔拍著胸脯跟我保證說它回去泡點水一定能開，但也心知它必然也會跟之前買過的薔薇、雛菊、百合一樣，不過撐兩日的新鮮。越小越新的花苞，其氧化腐朽的速度越快。

但想到日前在南山下看到的那片荷田，思及它曾經的和如今本該有的模樣。無法不憐惜，帶它們回家，度過了一個荷香淡淡的夜晚。

北方人可憐，近處沒有深廣的湖泊，想看遼闊些的風景，還得驅車二十公里，一直跑到秦嶺腳下。山有扶蘇，隰有荷華。一直下著雨，荷田背面的山上雲霧翻卷，片刻看得見下一刻又不見。曾聞醉翁語，山色有無中。爸爸說好久沒見這樣遼闊的風景了，非要給我在稻田裡拍一張照片。

近來愈發燥熱，這天氣下什麼都是蔫蔫的，荷花選在這個時候開，似乎就是在告訴人們，風物正嫻美，與寒暑無關。原本大多數花都在春天開放，然後在荼蘼花時紛紛凋謝，好像很應時，又好像嬌弱得難以承受一日勝似一日的暑氣。可荷花卻偏偏選在這之後，從水中悠然地攀起來，不走尋常路，很有風骨，也很有脾氣。

荷花生來是夏花，夏天炎熱，人們不由得就想去水邊納涼，偏巧它就生長在水澤池沼邊，相得益彰。不過，卻不是什麼池子都可以長荷花。《看山閣閒筆》中寫荷池：「荷池必須寬長，更作盤曲之勢，以備攜舟相賞」。現在城市中並不多見划船深入荷塘的玩法，只能是將蓮花栽植過來，再修個石橋木棧之類的供遊人觀賞，還時常圍個欄，以免遊人玩得興起隨手攀折。於是，最美的荷花只能向池心遙遙觀望，岸邊的荷花早已不知所蹤只剩殘枝。有點煞風景，所以只能遙想，當李清照每次溪亭大醉後「誤入藕花深處」，會看到什麼呢？而當張岱縱舟於月色之下，恣情「酣睡於十里荷花之中」，那時的夢會不會也團著荷花的香氣？

荷花被譽為花中君子，「侵曉開放時，緩步至池上，自有一種清芬之氣。透人懷抱，益遠益清，深得君子之風味也。於是濂溪愛之」。濂溪就是周敦頤，〈愛蓮說〉

的作者，大名鼎鼎的「愛蓮人」。在他的筆下，荷花懷有高潔的人格，雖然美麗，但卻始終和人隔著一重朦朧的水氣。還有荷的香氣，和其他花濃郁甜美的氣息不同，它是真正的清香，且愈遠愈淡，愈淡愈清。常言道「君子之交淡如水」，荷花無疑「深得君子之風味」，長久以來為人們所喜歡。此外，它盛開時那濃烈的紅、清淨的白和恬淡的粉，映著池中接天的碧綠，亦美得令人折服。

不惟濂溪，清人李漁也對荷花頗為喜愛。荷花是水生植物，和根植於土壤間的群花並不相同，但在李漁眼中，荷花與其他花一樣，「有根無樹，一歲一生」，看似有異，實卻趨同，所以他並非是認可周敦頤那套「出淤泥而不染，濯清漣而不妖」的說法，而是看到了荷花的別樣可愛之處。

李漁認為，「自荷錢出水之日，便為點綴綠波，及其莖葉既生，則又日高日上，日上日妍，有風既作飄搖之態，無風亦呈嬝娜之姿，是我於花之未開，先享無窮逸致矣」。「荷錢」指的是初生的小荷葉，在荷花開放之前，便是它先打了頭陣給池塘增致，這當然比別的花草只能在花開幾日招搖片刻顯得有優勢。而荷花盛開之時就更不必說了，李漁姿態極高，稱花盛開之時的「盡態極妍」為花之「分內之事」，是養花人的「應得之資」，所以這滿池荷花的「嬌姿欲滴」「後先相繼」並沒有什麼特別珍貴之處。唐代李商隱也曾寫詩〈贈荷花〉：「世間花葉不相倫，花入金盆葉作塵。唯有綠荷紅菡萏，卷舒開合任天真。」則是把荷葉荷花並在一起誇了。

荷花最珍貴之處在凋謝之後。由夏而秋，花葉相生，該算完成了它的使命，可是荷花並不滿足於此，花落之後，「蒂下生蓬，蓬中結實，亭亭獨立，猶似未開之花，與翠葉並擎」，不到霜秋不止。蓮藕香脆可口，也是人們所喜愛的食物。但在文人墨客筆下，荷落成藕並不總唯美，《紅樓夢》中命運多舛的香菱就有「根並荷花一莖香，平生遭際實堪傷」的判詞，連同那幅預示著她命運的水涸泥乾、蓮枯藕敗的池沼圖，想起來就心痛。

春天有百花生日，而蓮花在花朝節外還有自己單獨的生日。明人袁宏道有詩言及「蘇人三件大奇事」中的第一件，就是「六月荷花二十四」。舊俗裡將這一天定為荷花生日，蘇州人會集體前往城外的荷花蕩遊玩。其時蓮花之美，遊人之盛，光景之燦，不可名狀。「蘇人遊冶之盛，至是日極矣。」

四季風物輪換，草木多美，可是像荷花這樣「無一時一刻不適耳目之觀，無一物一絲不備家常之用」的花，真的很難不令人喜愛。李漁說它「有五穀之實而不有其名，兼百花之長而各去其短」，是實至名歸的評價。

✻ 林泉高致 ✻

這兩天讀一部明代老故事，其中有一節花了大篇幅寫一漁一樵的對話，兩人一個依山，一個傍水，都不入仕宦，卻都是通文墨的。兩人分別鋪排起山與水的韻致，較量水秀和山青誰更勝一籌。在水的有一葉扁舟，一江風月，坐擁煙波浩渺，鷗鷺忘機，蘆藕青荇，蓑笠鮮魚；在山的有一屋林泉，竹掩柴扉，朝霞暮雲，松林月照，女蘿藤葛，雞兔鹿獐，座中佳客，左右修竹……比到最後也沒分出個高下來，旁觀者看了，倒更像是在顯擺出世者的超然和愜意。知道沒什麼深刻意義的內容，無關大概念，還多少帶著些避世消極，卻仍看得津津有味。

說起林泉高致，陶弘景那篇〈答謝中書書〉應該是最有名的：「山川之美，古來共談。高峰入雲，清流見底。兩岸石壁，五色交輝。青林翠竹，四時俱備……」它被收在中學課本中，許多人上學時都讀過。

陶弘景是南北朝時著名的隱士，曾隱遁山水間四十餘年。四十餘年是什麼概念，把這個人的一生拉扯開，盡皆山光水色。所以便如數家珍般自然地從他筆下流淌出來。對山水的嚮往是長久以來人們普遍的心願，生活總免不了瑣碎和喧囂，所以人們才會下意識地想遠避到塵世之外的地方去。所謂「古來共談」。

深山遠水隔絕出足夠的神秘感，足夠人們為它演繹種種神異的想像。成書時代極其遙遠的《穆天子傳》裡，就代表了遠古人們對神祇的憧憬。穆天子就是周穆王，相傳他曾駕八駿西征，還一度與瑤池王母相會。會面後的一人一神互有好感，王母甚至還為周穆王殷勤作歌：「白雲在天，丘陵自出。道里幽遠，山川間之。將子無死，尚能復來。」並許下再會之期。可惜人神有別，周穆王有生之年沒能再去瑤池赴會。這個神話流傳極廣，李商隱就曾寫詩代言瑤池王母的惆悵：「八駿日行三萬里，穆王何事不重來？」

周穆王和王母相會之處在崑崙山：「天子升於崑崙之丘，至於群玉之山。」崑崙山又稱崑崙虛，是中國神秘了幾千年的第一神山，西漢《神異經》描摹此山時更為大膽，「崑崙之山，有銅柱焉，其高入天，所謂天柱也。圍三千里，周圓如削」。不可謂不神異。昔日漢武帝曾八登東嶽泰山，驚為天山，連連感嘆：「高矣！極矣！大矣！特矣！壯矣！赫矣！駭矣！惑矣！」渺小的人在面對造化之功時不由自主地發出的概嘆，即便是人間至尊，在天地之力面前也不得不低頭。就連人們親眼可見的泰山都是這樣，更何況傳說裡「其高入天」「圍三千里」的崑崙神山。《山海經》中記載，崑崙山在「西海之南，流沙之濱，赤水之後，黑水之前」。「南」「濱」「後」「前」，像在限定神山的方位，又令它離人世更加遙遠。

林泉煙霞仙聖，人情所常願卻不得見。那些關於神異境地的嚮往始終不止，卻似乎從沒有人真正達成。不過這也無妨，還有城外真實的山水能夠承載人們隱遁避世的願望。這欲望有時還很強烈。明人吳從先這樣寫過：「臨流曉坐，欸乃忽聞，山川之情，勃然不禁。」人對山水情不自禁。還有歐陽修的「山水之樂，得之心而寓之酒也」。人在山水間忘乎所以。東坡居士當年被貶黃州時寓居山水之間，常於「酒醉飯飽」之際，「倚於几上，白雲左繞，清江右洄，重門洞開，林巒岔入」。因俗世苦悶封閉的心門，為林泉洞開，清新的風物隨之盈滿。「若有思而無所思，以受萬物之備」，蘇軾覺得是山水替他破解了心中的疑惑。

但隱者畢竟是少數，即便那少數之中，也有被迫或是別有所圖。因為人生於世，總要確立自己的存在，追求價值的實現。這與「塵囂韁鎖」相合，卻與「隱遁山林」相悖。於是才呈現出一種既渴望回歸自然的懷抱，又無法放下塵世營營瑣瑣的糾結狀態。但糾結也不能任他糾結，只能在兩難之間尋求其他出口。

於是山水成畫。宋代山水畫家郭熙在其畫論〈山水訓〉中有一番說法。他認可人們對隱逸山林的嚮往，但卻不贊同人們將這種想法擰成執念。

這也是〈招隱士〉中喊過的那個意思：「王孫兮歸來，山中兮不可久留。」郭熙認為，如果一味顧及自己的超脫，肯定會辜負人世間的種種責任。不過畫家還是給了一條出口，這便是「臥遊」山水畫卷。從寄情山水轉向寄情山水畫，將山水畫卷懸於室內，不能出遊時偶然一望，憑藉這一時的幽思，在出世的道和入世的儒之間，尋一個平衡點。

✳夏席，雲煙之具✳

芒種後，夏天的酷熱便一發不可收拾了。丈夫對我說了幾次，想在臥室裡鋪個席子袪暑。奇怪，家裡的冷氣明明給得那麼足，怎麼睡都不應覺得熱。感覺不是必需品，聽了一耳朵後便忘了。直到那天翻王維的詩集，在當中讀到一句詩：「所居人不見，枕席生雲煙。」王維的詩文讀過很多，可眼前的字眼卻似乎從沒注意到。心裡默念了幾遍，自有幽涼之意。當時書房窗外，夜幕下萬家燈火裹著暑熱襲來，那一刻突然覺得，盛夏已到，或許真是該鋪上涼席了。

席子一直是夏天裡人們的居家良伴。竹席、草席、葦席，甚至還有玉石之類的枕席……各種材質的席子，帶給人們不同觸感的涼意，同睡眠一起印刻在皮膚上。所以即便相隔多年，也不再必需，親切感還是說來就來。那身體碾壓過席子時的吱呀聲，晨起時四肢上清晰的紋路，甚至偶爾被芒刺劃傷時的微痕，都是切身的體驗。尤其盛夏的下半夜，白日殘存於地表的熱氣終於消散，屬於夜晚的清涼開始絲絲縷縷地從席子的縫隙間透上來，輾轉反側之間，皮膚上似乎也被染上了草木清香。這源自草木本身的清涼，空調電扇之類的人造電器，終究無法帶給人們這般熨貼自然的舒適感。

席子曾是人們一年四季都不可或缺之物。先秦、兩漢甚至更早的時期，在胡人的桌凳等傢俱還沒有傳入中國的時候，即便尊貴如王侯，也都是坐在鋪有席子的地面上的。所謂「席地而坐」，正是這麼個由來。而後世包括「席位」「席設」等詞，也都是出自於此。那時人們的坐法和我們如今所謂「席地而坐」不同，他們是那種兩膝著地、臀部落於腳踝的跪坐。地面堅硬，這種坐法在今天看來是很不舒服的，但在當時卻是人們約定俗成的社會禮儀。即便是貴族之家，最多也就是在典禮上，在大席上鋪一張小席，這種兩層的鋪法叫作「重席」。《儀禮．鄉飲酒禮》中說：「公三重，大夫再重。」席子的層次，也是按照坐的人地位的高低鋪設的。

但也有不鋪的，比如《左傳》中就提到，「昔闔廬食不二味，居不重席」，能被專門記上這麼一筆，可見在當時，貴族不鋪重席，甚至都能被樹作簡樸的典範了。但再簡樸也不能不鋪，在古代，貴族不鋪席而坐是無禮的。但也有例外，戰國名將吳起昔日帶兵打仗時，曾「與士卒最下者同衣食，臥不設席……與士卒分勞苦」，在這裡，不設席是上下同甘共苦的象徵。此外，《周禮》中還有「五席」之說，這不是說鋪五層席，而是按當時的禮儀，人們在大典上用「莞、繅、次、蒲、熊」五種不同質地的席子，來區別參與者的身分。

古老中國的許多生活用具都曾被賦予種種意味，許多社會意涵要通過它們傳遞。這些細節也顯示出社會階層和倫理關係的森嚴秩序。當時不只鋪法和質地區分嚴格，就連坐法都是有講究的。孔子就很清楚地表過態，「席不正，不坐」，說明古代席子在一間屋子中是一定要擺得端端正正的，胡亂放是不行的。《禮記》裡也清楚標明：「為人子者，坐不中席。」這不難理解，就是在今天，一個場合內的座次都是以中為貴的。古代更是如此，一張席子上中間的位子是尊位，即便一張席上只有

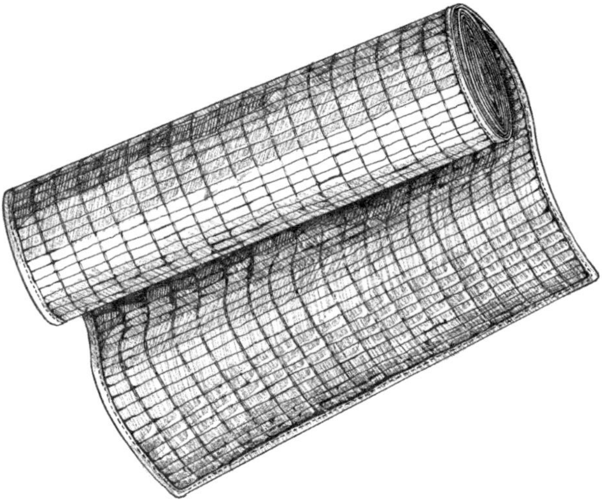

一個人，如果還有父母健在，獨坐時也不能居中而要靠邊。而且身為晚輩的就算已經落座，萬一有長輩進來，也要「避席」以表敬意。

以上言及的席子，都是作為坐具而存在的。而大約到南北朝時，由於各式坐具的傳入和改良，垂足而坐開始流行並發展起來。人們肯定覺得這樣坐起來更加舒服，於是到宋朝，坐在坐具上便徹底取代了席地而坐。不過，席子的生命力並不會因人們坐姿的變化而減弱，因為沒有電力製冷的夏天裡，人們實在太需要把它鋪在床上來降溫了。宋代朱熹贊說：「溽暑快眠知簟好，晚涼徐覺喜詩成。」「簟」就是竹席，一到酷暑，它就從一眾傢俱間凸顯出來。江淹〈別賦〉裡的「夏簟清兮晝不暮」，李清照〈一剪梅〉裡的「紅藕香殘玉簟秋」，人們的生活少不了它。何況它還能帶來別樣的浪漫，清代納蘭容若（即納蘭性德）寫心事：「正是轆轤金井，滿砌落花紅冷。驀地一相逢，心事眼波難定。誰省？誰省？從此簟紋燈影。」簟紋就是竹席留下的痕跡，盛夏時分，誰的身上沒有印過簟紋？

有淵源的物品像是有生命的，而且會慢慢和有淵源的生命聯結。看到它時你會想起很多東西，就比如眼前的席，社會化的意涵雖然沒有了，但總還能給我們清涼舒適的愜意。所居人不見，枕席生雲煙，王維寫得真好，在夏日裡，席是真的能帶來雲煙之感的器具。

棋聲驚晝眠

美酒宜春，棋局消夏，要說漫長夏日中的愜意事，下棋絕對能排到前幾。宋代蘇東坡有首〈阮郎歸〉：「綠槐高柳咽新蟬，薰風初入弦。碧紗窗下水沉煙，棋聲驚晝眠。」碧樹濃蔭，蟬鳴陣陣，風動管弦，碧紗水霧，很典型的夏日風物，烘托出這個適合休養生息的好時節。詞中還有一個很值得注意的物象，蘇軾把它「嗒」的一聲擱在我們面前，這便是棋子落下的聲音。

不知有多少人曾靜心留意過棋子落於盤上的聲音。它和「松聲、琴聲、雨滴階聲、雪灑窗聲」等聲音並在一起，被認作是世間至清至冽的聲音。蘇軾被這樣一道清涼的聲音驚醒了午睡，當然以他的性格，不僅不至於生氣，多半還會起身上前圍觀，與弈者一道沉入這方寸間的廝殺裡。同樣是在夏天，宋代另一個詩人趙師秀也用這道聲音，消解過約人不至、期待落空的惆悵。「有約不來過夜半，閒敲棋子落燈花」，夏夜漫長，可他在等的那個能跟他對局的人，卻始終沒有來。

我其實不太會下圍棋，但這並不妨礙我隱約感覺出這一方小天地裡暗藏的偌大乾坤。小小的黑白二子喻指陰陽，蘊含「品勢行局」。方寸之間、經緯縱橫的棋盤上又有三百六十一個交叉點。點點明看是聯合，卻處處暗藏變幻。棋盤方正，棋子靈動，起落走法不同，棋盤上便會呈現出截然不同的面貌，看起來再小的一步，可能都會不經意影響到最終的結局。古往今來沒有兩局一模一樣的棋局。

中國文士從來與棋交密。孔子曾對弟子說：「飽食終日，無所用心，難矣哉！不有博弈者乎？」他是在告誡弟子，平日裡應該經常去試試「博弈」，這裡的「弈」就是指下圍棋。孟子還記錄下了歷史上第一個名見經傳的圍棋國手，「弈秋，通國之善弈者也」。有人能憑藉著棋藝高超而名滿天下，可見在遙遠的先秦，弈棋就已經被人們抬到一個相當高的位置了。

自春秋後，歷代都有圍棋高手湧現。尤其是在以風雅著稱的宋朝，上至帝王將相，下至販夫走卒，都鍾情下圍棋，是弈棋一藝的黃金時代。宋人認為，這小小的弈棋之道，儘管看起來既無益於治學，也無益於教化，但卻進可以「見興亡之基」，退可以「知成敗之數」，是名副其實的「見微知著」之戲。

既受到這樣的重視，哪怕形式上都是不容忽視的，就連棋盤與棋子的選材都頗有講究。也並不是材質越名貴的就越好，雖然像翡翠琥珀、蜜蠟珊瑚之類的貴重之物被琢成圍棋後無人不愛，但有時人們難免會分不清那是對珍寶、還是對棋子本身的喜愛。講究的弈者日常最愛用的還是雲南棋。雲南棋指的就是雲子，是以雲南的琥珀、瑪瑙等為原材料製成的，質地細膩，手感溫和，是古代最上乘的棋子品種。當人們在炎夏裡坐在亭閣之中，手心拿捏著溫潤清涼的棋子，全心投入棋盤之上，渾然忘機間，時光稍縱即逝。

肯定有人覺得，比起娛樂，弈棋更像是一項文化活動，可以消閒，卻不能拿來行樂。比如清代有名的玩家李漁就認為，如果人們是把下棋當成一樁娛樂的事來看的話，就該輕輕鬆鬆的。他不能理解，為什麼有的人連榮華富貴都能棄如敝屣，卻在圍棋中賭勝，寸步不肯相讓。他覺得這現象很奇怪，就像三千里家國都讓得出去，卻跟人在街頭因為爭個飯食打得頭破血流。這不是荒謬嗎？於是，李漁得出一個善弈者不如善觀棋者的結論。選擇作壁上觀，看人贏了我也高興，看人輸了我也不用煩憂，怎麼都好。而正是從他這個調調，反可以看出其人應該也是把下棋的輸贏看得比較重的，正因為渴望常勝，所以才處處計較起來。看客當然也能過過乾癮，只是終究置身事外，怎麼能真正得到下棋的趣味呢？就有人不客氣地評論這種態度，「非常歡喜非常惱，不看棋人總不知」。

相比起來，蘇軾就比李漁想得開多了，他曾坦言自己不解棋也不擅下棋。他曾經獨遊廬山白鶴觀，看見裡面的人大白天的都關著門，「長松蔭庭，風日清美」之間，只聽「棋聲於古松流水之間」。這應該也是個夏天吧，深山空曠，不聞人聲，時聞落子，幽美得不類人境，蘇子也很欣然。作為十項全能的他當然不甘心在「弈棋」一道上栽跟頭，所以多次下功夫自學，可惜他這方面的天賦的確不夠，最終還是不得解。不過不解好像也沒什麼，就像他說的，「勝固欣然，敗亦可喜」，明顯更豁達，也更貼合弈棋之道。

但歷史上也有既棋藝高超又心態超然的，在名士風流的東晉看，隨手可挑。印象裡，那個朝代總泛著淡淡的煙青色，仙氣飄飄的氛圍裡頭，圍棋被人們稱為「坐隱」和「手談」。「坐隱」講究喜怒不形於色，「手談」講求默不作聲、勝負不言。當時的名士王坦之、謝安等，都是此中翹楚。相傳當年謝安統領淝水之戰，在戰況最激烈的時候，他卻仍能與人悠閒地弈棋喝茶賭別墅，看似漫不經心，實則卻穩定了人心，很有風範。

「悠然笑向山僧說，又得浮生一局棋。」棋是夏時最合宜的風物之一。白雲蒼狗，風物時節飛速變換著。但專心著什麼的時候，往往感覺不到時間的流逝。有時候覺得，還有那麼多未竟的事要去執著，有時候又覺得，就連眼前的微小都還沒有來得及珍惜。但應該要珍惜。沒聽過那爛柯人的故事嗎？

❊淡煙流水畫屏幽❊

搬家收拾出好多雜物，大包小包也無法塞回櫃子，只得通通堆往牆角。雖說是權宜之計，但這大小幾包天天在眼皮底下，總讓人不舒服。秦觀有一句閒詞：「淡煙流水畫屏幽」，靈感被觸動，立刻出門去傢俱商場弄回一架竹木屏風蓋住那角落，沒有什麼點染，純木色襯著旁邊一株綠植，看在眼裡立刻就心曠神怡起來。

古人講究「婉曲」，個人的居所不好暴露於人前。於是就在原本空空蕩蕩的房間裡尋幾個關鍵點，擺上幾架屏風，屋子雖還是那間屋子，但感覺卻大不一樣起來，像是咫尺之內突然就有了山重水複，錯落有致地延宕開來，生活裡遠近親疏的層次，也就此區別開來。

不過，用途如此生活化的屏風，究其起源，還是與帝王相關。司馬遷《史記》中道：「天子當屏而立。」早期的屏風是專門立於君王御座後頭的，屏風的帛布上一般都畫有「斧鉞」之類的兵器，和古代用於儀仗的「華蓋」一樣，都是帝王威儀權柄的象徵。後來，人們將屏風拓展到平民生活之中，使它不再是帝王的專享。漢代劉熙的《釋名》中對屏風的解釋是：「屏風，言可以屏障風也。」而為什麼在室內還要障風呢？因為古代的住宅大多為木作，土木建築通透性雖好，卻無法有效地防風抵寒，所以室內屏風的一大功用就是進行內部的防護，以免主人動輒感染風寒。宋代歐陽修有首〈玉樓春〉詞，描摹一對夫妻臥房內的生活圖景：「夜來枕上爭閒事，推倒屏山褰繡被。」一對夫妻睡前說悄悄話，一言不合就惱了，以至於妻子（也可能是丈夫）「推倒屏山」。屏山就是屏風，因屏風上常見山水畫而有的別稱。可見，在臥房中乃至床前設屏擋風，是古人居家生活中的流行風尚。

屏風在室內的用途當然不只是擋風這麼簡單，五代著名畫家顧閎中有一幅著名的〈韓熙載夜宴圖〉，原圖已佚但仍存宋摹本，展現了官員韓熙載在自己家中夜宴歌吹行樂的情境。情境中有好幾架屏風，位置不同功能也各異，但還是能清楚看到，正是這些屏風將偌大一個空間間隔開來。一屏為界，內外氛圍截然不同：畫中人各行其樂，互不打擾，尤其值得注意的是那倚屏而立的仕女，時而探頭窺視，時而隔屏與青年交頭接耳。而畫外人則若有所思，和畫中隔屏偷看的仕女一道探求屏風後頭的秘密。屏風後當然是有秘密的，《史記．孟嘗君列傳》中就清楚記載著，戰國四公子之一的孟嘗君，在自家的屏風後頭常備有侍史，每當他與來客攀談時，侍史都會將「君與客語」記錄下來，以供親友查看。如果來客當著侍史的面，應該無法和孟嘗君自在交談吧。此時就顯出這一道屏風的作用，隔屏藏耳。

因為古時貧富貴賤的差異，屏風自然也有了華貴與樸素之分。豪門貴族家的屏風當然是極盡奢華，無論是材質、形制還是工藝，都極盡考究之能事。《長物志》中提過這種「貴屏」：「屏風之制最古，以大理石鑲下座，精細者為貴。次則祁陽石，又次則花蕊石。不得舊者，亦須仿舊式為之，若紙糊及圍屏、木屏，俱不入品。」這一看就是貴冑們的口味，而被他們視作「不入流」的木屏等素屏，則在民間流行。「文章合為時而著，歌詩合為事而作」的唐代詩人白居易，就曾為素屏作歌：「素屏素屏，胡為乎不文不飾，不丹不青？當世豈無李陽冰之篆字，張旭之筆跡？邊鸞之花鳥，張璪之松石？吾不令加一點一畫於其上，欲爾保真而全白。」儘管無法與貴族們那些「綴珠陷鈿貼雲母，五金七寶相玲瓏」的「步障銀屏風」比華美，但卻勝在「夜如明月入我室，曉如白雲圍我床」。白居易想表達的正是對素屏返璞歸真的讚許，其實，物各有所宜，各有所施，兩者本來就沒有什麼可比性，倒不如退而求其次相互欣賞，既可讚嘆貴屏的巧奪天工，也可玩賞素屏的自然天成。

時過境遷，再看當代，屏風於人們的家庭生活，已不像古代那樣舉足輕重。但如果家裡有一扇屏風，不論是不丹不青的素屏還是淡煙流水的畫屏都行，它安靜地往那一立，氛圍立馬還是不一樣起來，比如現在，我在大夏天裡搬回了這架素屏，可不就是「素屏紋簟徹輕紗，睡起冰盤自削瓜」的情境嗎？

✳大暑後，腐草化為螢✳

大暑這日下雨，淅淅瀝瀝，從下午延宕至黃昏。《清嘉錄》中有個說法，認為農曆六月初三黃昏如果有雨，接下來便會日日都有雨，稱為「黃昏陣」。初三落雨夜陣，名字還挺好聽的。就是不可信，連著大暑也沒了大暑的樣子。今年什麼都亂了。

大暑一過，就意味著長夏真的要到尾聲了。這一年還能不能好了，上半年一場疫情，下半年又是落雨洪水。幾乎都沒怎麼感受到夏天的炎熱，早秋的微涼就又來了。今年不同以往，對於將要到來的節候有不明不斷的憂慮。壓下去，還是說點明亮的吧。

一直期盼能在夏日再見到的蟲子，今年還是沒有再來。年年盼望，年年落空，只能任它同漸漸模糊的童年一起走遠。其實它也未必全然銷聲匿跡，在遠離喧囂的鄉村夏夜，或許還會從草澤間不時飛出來吧？甚至城市裡或許也還有，只是與刺眼的明光相比，它那點點微光太柔弱了，以致輕易就被覆蓋了。

它是螢火蟲。大暑三候，初候就是「腐草為螢」。螢火蟲喜歡潮濕的環境，因此常選擇在夏天的水邊或植被茂盛的地方產卵，幼蟲生長蛻變後並不能直接成蟲，而是在溫暖的初春入土化蛹，夏末才出現在乾淨濕潤的草澤邊。這樣的過程很難被人發覺，所以很久以前的人們便以為螢火蟲是由夏末的腐草變化而成的。

這當然是個美麗的誤會。但在古老的時代，螢火蟲化草而來，又入土而去的說法很容易讓人信服，大千世界，什麼不是塵塵土土，年復一年。南宋女詩人朱淑真有〈夏螢〉詩：「熠熠迎宵上，林間點點光。初疑星錯落，渾訝火熒煌。著雨藏花塢，隨風入畫堂。兒童競追撲，照字集書囊。」就是夏日裡家常的風景。隨著夜色一重重暗下去，隱匿的流光就一點點飄散出來，起起落落，明明滅滅。南朝梁簡文帝蕭綱也有詠螢的詩句：「騰空類星隕，拂樹若生花。屏疑神火照，簾似夜珠明。」繁星隕，樹生花，神火照，夜珠明，美得甚至有些誇張。

小時候每到夏夜，人們也不待在屋子裡吹風，一家家都坐在院子裡乘涼。我至今忘不掉那個場景，空曠的大院子裡，小小的我側伏在姥姥的腿上，老人家一手拿著把草扇搖啊搖，一邊輕輕地撫摸我的頭髮。姥姥當了一輩子國文教師，所以常會像教她的學生一樣，念些詩句給我聽。童年的那種老房子晚上光線都暗，襯得庭院上頭籠著的星空就特別亮，盯著看的時間長了眼睛都會花掉。姥姥就停下撫摸的手，指著星星給我念《詩經》裡的句子：「嘒彼小星，三五在東。」天上哪裡只有三五顆星星了？還沒來得及發問，就見螢火蟲不知從哪兒悄悄地飛出來，離我們這樣近。姥姥就又指著這些客人說，「町疃鹿場，熠燿宵行」。

一句也聽不懂……何況我哪有耐心聽完那些囉唆。追逐流動的事物是孩子的本能，何況那流動還有光芒。我既不想造作地狡辯那是要學習「車胤囊螢讀書」的典故，也不想矯情地裝腔說那是要體會「輕羅小扇撲流螢」的意境，那時的我就一個念頭，要把那抹流光捏在手中玩個夠。

「撲螢」是古代的一件樂事。《隋書》本紀中記載了隋煬帝賞玩螢火事。「壬午，上於景華宮徵求螢火，得數斛，夜出遊山，放之，光遍巖谷。」隋煬帝是享樂專家，他有這種閒情逸致一點都不讓人稀奇。數斛螢火蟲，怕也有成百上千隻，它們星星點點地照亮山谷的場景，憑誰見了，應該都不會不喜歡吧。

其實論外觀，螢火蟲算不上是美麗的昆蟲。但因為它夜間發光的特殊本領，在人們心中一直有很特殊的地位。《漢紀》中還記載過這樣一件事，東漢末年，董卓篡政，時局混亂，在一次變亂中，當時的小皇帝漢少帝和他的弟弟陳留王被黃門叛黨劫出宮門。隨著隨行臣子叛逃的叛逃，自殺的自殺，年僅十四歲的少帝和九歲的陳留王在黑暗中不知所往。正當兩個孩子恐懼困頓之時，卻突然看見點點螢火飛舞。像抓到了唯一的浮木，兩個孩子跟著這些螢火蟲的光向南走了數里，最終才被搭救送回。

唐代駱賓王有〈螢火賦〉，說螢火蟲「乍滅乍興，或聚或散。居無定所，習無常玩。曳影周流，飄光凌亂」，自由不受約束。而這種「處幽不昧，居照斯晦」的昆蟲，如果真的給它們擬人化的性格，那肯定是十分驕傲的。這從它對環境的極高要求就能看出來，不能有水污染，不能有土污染，更加不能有光污染。所以，就算再如何懷念，它們如今也不會再頻繁地出現了。

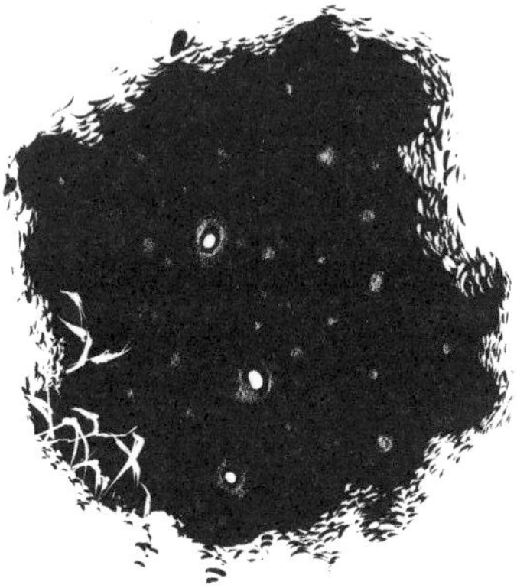

白秋

霜
菊花
中元
梧桐
石榴
明鏡
秋涼
秋夕
衾枕
銀杏
白露
蟹
秋月
秋分

❊ 秋至洞庭 ❊

更年輕的時候，狠狠迷戀過一些孤獨的路途。去深山尋古樹，在懸崖邊看雲海，去海島上等日出，去湖深處覓草澤……總之那種極致的孤清和自由，但凡感受過就再難忘卻。也曾幼稚地幻想，如果有機會，自己可以在路上一輩子。

幻想當然只能是幻想。入秋後天氣多變，女兒莫名發燒反反覆覆，沒當媽媽時怎麼都設想不到的心急如焚，如今一一體驗。在抱她去醫院打針，化身人肉沙發花樣搖晃只盼她能舒服一點，在打飯餵藥雞飛蛋打攻堅戰，陪讀陪玩陪看動畫片，幫她跟姥姥姥爺鬥智鬥勇，偷偷餵她小零食，徹夜不眠物理降溫，變身網路十萬個為什麼的間隙裡，想起少年時種種關於漂泊的夢，突然發現，可能這一生真的再不會有那樣的時刻了。懷裡這小小的一團，看著那麼弱小那麼軟，卻是最堅固最蠻不講理的鎖，把你跟現實牽絆得這樣深。然而卻心甘情願。

但畢竟有過那樣的時刻，可堪回想。印象裡最後一次，獨自一個人，秋至洞庭湖。「嫋嫋兮秋風，洞庭波兮木葉下。」當年初讀的時候就知道，總會在一個秋天親眼見到。心願得償。

聽湖邊的居民說，近幾十年來湖面又縮小了不少，加上正值枯水期，部分湖水退守成草澤，君山都成了半島。現代城市建設沒有邊界，只要想，似乎無處不可延伸。可是有時太匆忙地落下堅實建築，就算後面後悔，一時也無可奈何。好在只要心中的圖景足夠清晰，所嚮往的：秋水無煙，水盡連天，錦鱗沙鷗，岸芷汀蘭，悲風過客，漁舟唱晚，湘妃竹淚，人不見，數峰青，都在。

曾走過許多湖泊，雖然大底子看起來都是山光水色，岸卻各有不同。洞庭湖掛在心裡惦記了好久。這回一個人前來，親身陪伴過它的朝夕，踏足它覆蓋過的土地，從此再在書中遇見，便是舊時相識。

先民們覺得，神以命名創造萬物，世間萬物一旦有了各自特定的名字，便從此有了生命的不同。名山勝水的名字在流傳之中，總會經過諸多演變，洞庭也不例外。長期以來，洞庭一直與雲夢、青草甚至彭蠡（太湖）相互牽涉，時分時合。

在更遠的古代，洞庭湖曾被稱為雲夢澤，孟浩然詩裡的「氣蒸雲夢澤」，指的就是它，而早一些的典籍，比如《爾雅》《周禮》，用的也都是這個名字。雲夢澤或得名於古荊州府雲夢縣，「雲夢縣南皆大澤」，自此得名。杜預《春秋經傳集解》定名，《禹貢》中記載它曾地跨長江兩岸八九百里，覆蓋華容、江夏、安陸等地，古籍中或許描述的並不是百分百嚴謹，但此湖當年的浩瀚，可見一斑。

范仲淹〈岳陽樓記〉中，曾以「銜遠山，吞長江，浩浩湯湯，橫無際涯」，來形容洞庭當年的盛況，這個湖泊匯合了沅、漸、元、辰、敘、酉、澧、資、湘九水，為「沅澧之交、瀟湘之源、九江之口」，融合成非凡的氣象。遼闊的湖水不僅使這裡擁有物種齊備的生態環境，也為後來以楚文化為代表的洞庭文化的發生提供了溫床。尤其到清中期道光年間，洞庭湖擴展至鼎盛時期，《洞庭湖志》記載它當時的範圍：「東北屬巴陵，西北跨華容、石首、安鄉，西連武陵、龍陽、沅江，南帶益陽而環湘陰，凡四府一州，界分九邑，橫亙八九百里，日月若出沒其中。」如今我們其實已看不到當年煙波浩渺的景象了，但「洞庭」二字延續千年的浩瀚印象，早已深入人心。近一百年，因為一些歷史原因和人為因素，湖水日漸萎縮，枯水時節，甚至連君山都會被稱為半島，湖水蔓延的面積，也還不到它最盛時的一半。

從小聽洞庭之名，就感覺它神秘莫測，想像著湖水深處的君山島上，有跳脫的紅鯉魚精、善鼓琴瑟的神女，被幽居在湖水深處的小龍，和無數陸地上想像不到的秘密。此時終於到達，精靈神仙自然尋不到，卻發現君山湖心島的位置也很奇妙，站在岳陽樓上眺望，想像當年古人面對這白銀盤裡一青螺的感覺了，明明近在眼前，可又分明望而不及。「帝子降兮北渚，目眇眇兮愁予。嫋嫋兮秋風，洞庭波兮木葉下。」屈原《九歌》裡的湘夫人，一代代的讀書人從開蒙起就見到它，或許也自長輩鄉鄰的口口相傳中聽到它，初見時秋風蕭瑟，煙波浩渺，仙氣繚繞，比起真實存在的一個風景去處，它似乎更適合作為超脫塵世的一個嚮往，或者俗世中人的一個寄託，好讓人在那麼一些當下，抽離出俗世瑣細的生活。於是，這種虛實相應的搭配，讓洞庭湖反倒比其他虛無縹緲的異境更引人嚮往。

雲夢澤的易名是源於君山，此處被古人視作神仙居所，這從它的名稱上便可讀出。君山原名洞庭山，是湖中凸起的一座小島，島上又有小山十二座，狀如螺髻。《山海經》中記載：

又東南一百二十里，曰洞庭之山，其上多黃金，其下多銀、鐵，其木多柤、梨、橘、櫾，其草多荔、蘼蕪、芍藥、芎藭。帝之二女居之，是常游於江淵。澧沅之風，交瀟湘之淵，是在九江之間，出入必以飄風暴雨。是多怪神，狀如人而載蛇，左右手操蛇。多怪鳥。[1]

相傳當日堯帝的兩個女兒娥皇女英雙雙嫁給舜帝，被稱作瀟湘妃子，她們與舜分離後，在君山聽聞舜死於蒼梧，點點熱淚落下，將竹子染得斑駁。從此，湘妃的傳說在中國流傳，又加上雲夢澤、湘妃墓與湘妃竹從旁加持，更添靈異。洞庭山的名聲越來越大，後來又融合了湖廣一代人們的水神信仰，人們便把洞庭山的名字給了雲夢澤，傳說中娥皇女英死後葬於洞庭山，因為民間也把二妃稱作湘君，所以洞庭山從此便被稱作君山，從此以後，人們「未到江南先一笑，洞庭湖上對君山」，一湖一山，自此廣為流傳。

如今的君山島已被開發成景區，盛水期有供遊船停靠的碼頭，枯水期也能將遊人送到小灘塗邊好徒步上去。灘塗邊，因為春時湖水還是會漫上來，所以仍是一派放任不管的天然樣子，明晃晃地攤在那兒。三三兩兩的漁船也是一樣散落在四周，自顧自地作業。島上修建了洞庭廟和湘妃祠，是在其他地方常見的樣子，祠邊斑竹掩映，竹林深處有湘妃墓，看碑文，光緒年間的兩江總督彭玉麟重修的，雖然是源於神話，但陵墓的氛圍還是做得很足，不過身在其境，卻只覺得一種森森細細的美，幽而不陰。

離開君山島前，在島上喝了一杯銀針。君山銀針如今哪裡都有，其實也未必喝得出什麼不同，但既到一地，總要親自嘗到這一方水土養育出的草木味道，才算真正「到此一遊」。君山銀針自唐代起就是名茶，挑出明前品相好的，熱水沖泡後，放上片刻，就見根根茶針緩緩立起，部分浮於水面，部分緩緩下沉，漸漸分化成上下雙層，每層都如千峰豎立。這杯中情態實在有趣，想著古往今來洞庭之外的人，品著這產自世外仙山的微苦清潤，看著杯中的千峰翠綠，即便身處繁華塵世，也會覺得與化外縹緲之地有了些許關聯。

站在君山相對高些的坡地上，可以看見岳陽城中的高樓。現代人在城市中，每天見高樓掩映已經習以為常，實用性當然非常足夠，但如果從視覺上看，現代的中國

1《山海經．東山經．中次十二經》。

城市建築在這山光水色間總是有些違和，總覺得它缺少了什麼，比方說如果有一個大大的廡殿頂，順著周遭這地、這山、這湖水緩緩蕩漾開，是不是就可以同背後的青山呼應了？說笑了，但我們欣賞一座山，一泊水，卻總是很難繞過它所滋養的這座城，連同它的建築。民族認同感，不只立於字紙之間，目之所及之處，潛移默化的美感養成同樣重要，而最顯性的城市建築，當然會在一方面顯示出一座城的氣澤。只可惜，審美的失落容易，接續卻難，非一代之功。

「巴陵勝狀，在洞庭一湖」，而觀覽洞庭勝狀的，則也應在巴陵之郡。洞庭湖東靠岳陽城，岳陽城邊有岳陽樓。岳陽樓應該感謝滕子京。不管歷史對他有怎樣的爭議，也不管他在知州岳陽短短的三年裡，是否真的做到了政通人和，百廢俱興。看看他選來為自己的建業寫序的范仲淹，時人稱其「每感激論天下事，奮不顧身」。慷慨激昂，再沒有更合適的人。果然，「不以物喜，不以己悲」「先天下之憂而憂，後天下之樂而樂」，裹挾著岳陽樓一起，天下聞名。當時他還打算修建偃虹堤，同時也請歐陽修作了〈偃虹堤記〉，文已成，堤卻沒來得及開工，人就調任了。

「竊以為天下郡國，非有山水環異者不為勝，山水非有樓觀登覽者不為顯，樓觀非有文字稱記者不為久，文字非出於雄才巨卿者不成著。」他在〈與范經略求記書〉中這樣闡明自己的意圖。很聰明，也有見地，後來樓觀顯，名聲久，文章著，從千百年後看，他成全了自己的初衷。

他到岳陽後，還作了一闋〈臨江仙〉：

湖水連天天連水，秋來分外澄清。君山自是小蓬瀛，氣蒸雲夢澤，波撼岳陽城。帝子有靈能鼓瑟，淒然依舊傷情。微聞蘭芝動芳馨，曲終人不見，江上數峰青。

集句而已，大多都不是他的原創。但他很懂這座城，知道它將青史留名之處會是什麼，自己又將如何給他助益。於是他修樓增制，建文廟興教化，又擬築水堤防水患，都是實事。能像這樣懂得並欣賞自己管轄的城池的官員並不多。他在慶曆四五年建樓，慶曆七年（一〇四七）就調任蘇州，不久卒於任所，時年五十八。其實他從未享受過這座他成全的城與樓。

范仲淹其實也沒有。〈岳陽樓記〉是他照著滕子京寄給他的〈洞庭秋晚圖〉寫的。所以「氣象萬千」是沒錯，「朝暉夕陰」卻不對。我特意守在岳陽樓下，買了兩次票，趕最早和最晚分別登了樓。岳陽樓址古今在西門城樓上，看不到朝陽，清晨天空中只有明亮的蒼青色，傍晚卻夕陽無限好，儼然該是「朝陰夕暉」才對。

洞庭湖南是青草湖。《荊州記》裡說它：「巴陵南有青草湖，周回百里，日月出沒其中，湖南有青草山，因以為名。」方志總是盡可能記載得詳盡。小時候讀到詩人唐溫如〈題龍陽縣青草湖〉的小詩：「西風吹老洞庭波，一夜湘君白髮多。醉後不知天在水，滿船清夢壓星河。」意境純美，在天水合一的靜謐裡，當下與古老的想像中，真實和虛幻的氤氳處，有人痴痴望著洞庭湖。詩和湖一起，都喜歡了很多年。

青草與洞庭，水豐時合為一體，潦則波浪滔天，涸則青草豐茂，古書中一直是這麼說。隔了這麼久的歲月，總覺得書中這一切應該早就不存了。不料近年身臨其境，發現湖水褪去，竟真留下一片斑斑駁駁的草澤。洞庭猶在目，青草續為名，那一刻心裡很激動，其實無非就是水和草而已，卻覺得得到了一整個時空。

秋夕

七夕的這一晚，我又想起姥姥。這個屬於東方人的情人節，在很多年前，都是她陪著我過的。雖然那時候我還是個小女孩，牛郎織女的傳說對於我來說只是遙遠的神話。姥姥說七月七日也是女孩子的乞巧節，在這一天，作為女孩子的我可以得到很多她親手做的小禮物，小花布袋子、小沙包、草葉串串等。這絕對是表哥他們沒有的福利。再加上姥姥的巧手，令我年年的期望都轉變成為驚喜。於是，「乞巧」這個詞，曾被我誤認為代表著期盼巧手長輩的賜予。

長大後才知道不是這樣的。唐代詩人林傑有一首叫〈乞巧〉的絕句：「七夕今宵看碧霄，牽牛織女渡河橋。家家乞巧望秋月，穿盡紅絲幾萬條。」原來，乞巧並不是小女孩的小盼望，而是古時候家家戶戶的女兒們在七夕這一天的儀式。乞巧也不是向長輩乞，而是向天上的織女。在神話傳說中，織女又叫「天孫」，是天帝的孫女，掌管絲織巧手等跟古代婦女息息相關的事項，是女子心中地位極高的女神。明代宋應星在《天工開物》中說：「天孫機杼，傳巧人間。從本質而見花，因繡濯而得錦。」

在古籍的描述中，是說人間巧妙的紡織技術，是自天上的織女那兒傳下來的。人們用織布機，把原料紡成帶有花紋的布匹，然後又經過刺繡、染色等種種程序變成華美的錦緞。織機織女遍布天下，但真正見識過花機巧妙的卻沒有多少。而物以稀為貴，因而更要祈求。

七在傳統中一直被認為是個很吉祥的數字。《漢書》和《禮記》裡都能看見「七者，天地四時人之始也」的記載，而七月七日占了兩個七，更是吉祥疊著吉祥，於是姑娘們選這一天向上天乞巧。東晉葛洪的《西京雜記》中說：「漢綵女常以七月七日穿七孔鍼於開襟樓。」綵女就是漢宮宮女，在漢代的宮廷中，乞巧的風俗就已經開始流行。

五代王仁裕的《開元天寶遺事》中記載了唐玄宗時的七夕：「宮中以錦結成樓殿，高百尺，上可以勝數十人，陳以瓜果酒炙，設坐具，以祀牛女二星……動清商之曲，宴樂達旦。士民之家皆效之。」宮裡用錦繡結成樓宇，民間效仿宮中歡宴達旦，都以祭祀牽牛織女星為名。

在那樣熱鬧的環境裡，女人們該怎麼安下心來乞巧呢？不過她們卻偏偏能做到：

「妃嬪各以九孔針五色線向月穿之，過者為得巧之侯。」五色線並不是染成五色的一根線，而是用五種顏色的線擰成的一根。這真是考驗實力的「乞」法，能過的人肯定本身就眼夠尖手夠巧，就算她「得巧」後真做出什麼出眾的巧活，也只是剛好吧？

但是妃嬪貴婦大多養尊處優，偶爾拿起針線更多也只是個消遣，宮女們才是當時宮中幹活的主流。「時宮女輩陳瓜花酒饌列於庭中，求恩於牽牛、織女星也。又各捉蜘蛛閉於小合（盒）中，至曉開，視蛛網稀密，以為得巧之侯；密者言巧多，稀者言巧少。」除了陳列花酒外，「喜蛛應巧」也流傳千年，這更多像是賭運的遊戲，小盒子一封，任蜘蛛在其中結網，誰盒中的網最密實最漂亮，誰就算得了巧了。

七夕的這場盛會，宮中如此盛行，民間當然要效仿。北宋孟元老的《東京夢華錄》描述了京城繁盛時七夕的盛況。「七夕前三五日，車馬盈市，羅綺滿街。」七夕還沒到，百姓們就傾城出動購買乞巧用品了。而「至初六日七日晚，貴家多結彩樓於庭，謂之『乞巧樓』。鋪陳磨喝樂、花瓜、酒炙、筆硯、針線，或兒童裁詩，女郎呈巧，焚香列拜，謂之『乞巧』」。如此傾城出動的盛況，在現今這樣多元化的時代，就連最隆重的春節也無法相比。而這種浪漫的節日，如今卻只能將對它的想像安置在土木搭建、車如流水馬如龍的古城中，現代都市如果真上演這麼一幕，是會讓人感到奇怪的。

照理說，七夕乞巧該是婦女們的專屬活動。但古代男子也有要來湊熱鬧的。唐代柳宗元有〈乞巧文〉，裡面寫了這麼個七夕夜，那天他自外晚歸，看見女僕在庭中乞巧，好讓自己「手目開利」。然後他聯想到自己，覺得自己也有大拙，所謂「智所不化，醫所不攻，威不能遷，寬不能容」，所以一番剖心，直陳自己作為「拙人」所遭遇的不堪，明面上是祈求天孫也能賜給自己那一番巧勁兒，暗裡卻直道對世上蠅營狗苟的「巧夫」們的不屑。

這些男性文人，有什麼話不直接說，拐彎子還拐到了閨閣中的節日上來，簡直自討苦吃。於是後半夜，柳宗元就被天孫派來的使者狠狠罵了一頓。「女（汝）之所欲，汝自可期。胡不為之，而誑我為。汝唯知恥，諂貌淫辭。寧辱不貴，自適其宜。中心已定，胡妄而祈。堅汝之心，密汝所持。」意思就是，你所列的諸般「巧」，其實都不是你想要的吧！堅持自己認為對的就可以了，為什麼故意說這些話要來誆騙我呢？「凡吾所有，不敢汝施。」天孫有的都不敢給他，叫他持守自己的就好。姑娘們乞巧都是希望能得巧，但是這位柳先生卻是乞巧而巴不得不得巧，寧可「抱拙終身」，至死不渝。這當然只是作者的一種寫法，真實的情況不會這樣的，但依然給這個節日添了幾分不同的味道。

姥姥去世後，乞巧節於我漸漸就變成了一個書裡的印象。可就算古人乞巧乞得再怎麼熱鬧，現在也都看不到了。但其實存著一個節日作念想也不是不好，如今女孩子們到了七夕，多少也都還能收穫些其他的驚喜。儘管這和當年收到姥姥做的那些小玩意時的感覺，總是不一樣的。

❊中元，思故人❊

「憶長安，七月時，槐花點散罘罳（音服斯，古代設在屋簷和窗上以防鳥雀的網狀物）。七夕針樓競出，中元香供初移。繡轂（音古）金鞍無限，遊人處處歸遲。」這是唐代詩人陳元初在詞作中描繪出的唐長安城七月的繁華。家家乞巧的七夕剛一過，轉眼就到了家家香供的中元節。這些都是古代全民活動，因此免不了全城出動，處處歸遲。

農曆七月十五是中元節，在民間又被稱為「鬼節」。這節日在今天雖不大見氣候了，但它沒落的時間並不算久，就在五六十年前，它依然是十分重要的民間活動。現代作家蕭紅的《呼蘭河傳》中還有她關於這個節日的記憶，「七月十五是個鬼節」「這一天若是有個死鬼托著一盞河燈，就得托生」。在傳統的認知裡，「鬼節」這一天，陰曹地府會放出所有鬼魂，於是這一天就成為人們最重要的祭祀節日之一。明代劉侗的《帝京景物略》中寫明代中元節，「上墳如清明時，或制小袋以往，祭甫訖，輒於墓次掏促織。滿袋則喜，秫竿肩之以歸」，清代也有「中元佳節，千紅萬紫，九日巡遊」的場景，那時的中元和清明一樣，人們會在祭祀祖先的同時也出去賞玩一番。

放河燈是中元節最重要的習俗。燈這個意象在中國傳統節日中很常見，燈火有光，能夠帶來希望。人們在一年之中挑出些特別的日子，再用張燈結彩的喜悅來和種種美好的願景匹配。上元節（元宵節）和中元節人們都會張燈來慶祝節日，但元宵節是人的節日，中元節是鬼的節日，兩者陰陽有別，所以放燈的場所也不一樣。一個是在人們生活的陸地上，一個則是在相對神秘的水裡。水流無邊無際，似乎沒有源頭也不知去路，人們想像它能連通昏暗的地獄。地獄裡的鬼魂找不到方向，一盞河燈就能讓它們找到回家或者進入輪回的路。因此，在鬼節放河燈，是活著的人對逝去的人的懷念。

節日的氣息總是比節日先來，從過去到現在。《東京夢華錄》中北宋的中元節前，「先數日，市井賣冥器靴鞋、襆頭帽子、金犀假帶、五綵衣服，以紙糊架子盤遊出賣」。七月十五的數日前是七夕，當時耳聰目明的商家，恐怕還沒把羅綺針線之類的乞巧用具收進庫房，就急忙要將這些中元冥器擺上檯面了。還有像祭祀時鋪在桌上的「練葉」，繫在桌子腳上象徵著秋收的「麻穀窠兒」，還有供奉給祖先們的各色素食。中元節在佛教中又被稱為「盂蘭盆節」，這一天佛教徒會舉行盂蘭盆法會，供奉佛祖和僧人。集市上也會印賣佛經，還要把竹竿斫成高三五尺的架子，在上面織出燈窩的形狀，然後將一些祭祀用的衣服冥錢之類放到上面焚燒，這就是「盂蘭盆」。古人把每一個重要節日都經營得很講究，就是所謂「鬼節」也是不能將就的，形式上要有聲有色，其他的內涵也會兼顧。

古人給鬼過節，很大程度上因為相信鬼神的存在。儘管現代社會已經破除了迷信，但在自然科學並不發達的年月裡，神鬼觀念影響了人們幾千年，歷代都有人寫神異志怪的作品。《論語》中說「子不語怪、力、亂、神」，儒家是相信有鬼卻不主張追求的。孔子曾教導自己的弟子要堅定人道，遠離鬼神，認為如果心中無正道而要去崇敬鬼神，就會被鬼神所制。世人因一時不察，被鬼迷心竅的故事並不少見，大家熟悉的像干寶《搜神記》和蒲松齡《聊齋志異》裡都有許多。人們有時會對鬼神心存期許，有時也會對鬼神心存恐懼。鬼有時只是人世間的一種折射，但有時也會牽制世態人情。

不過，就像傳說中七月半鬼魂會被重新放回人間一樣，古代神怪作品中，人和鬼之間的交流有時也會顯得平常。晉代荀氏《靈鬼志》中，就記載了竹林七賢之一嵇康的遇鬼經歷。有一次他在燈下彈琴，有一隻「長丈餘」鬼前來，嵇康不僅無懼，還呼地一下吹滅燈火道：「恥與魑魅爭光！」這種傲氣和膽魄不是人人都有的，只有嵇康這種一身正氣的硬骨頭才可能做得到。但文中的嵇康也不是對所有鬼都這樣，又有一次，他也是在夜裡彈琴，忽聽有鬼稱好的聲音。原來是被埋於此處的一隻鬼，因為生前也愛琴，所以聽到嵇康的琴音，「不覺心開神悟，恍若暫生」。本來想出來相見，但是人鬼殊途，形體又毀，於是不願現身。倒是嵇康安慰他一番「形骸之間，復何足計」，這隻鬼這才出來，與嵇康相談甚歡之下，教給他那支千古名曲〈廣陵散〉。這一人一鬼的分離最有意思，「相與雖一遇於今夕，可以遠同千載，於此長絕，不勝悵然」。竟是人鬼之間的知音之嘆。

這當然是作者的想像，但在一些人的心中，鬼與人之間的界限並不是那麼清晰。鬼曾經也是人，人終有一天也會變成鬼，而要是有奇遇，鬼有時還能起死回生再度成人。凡此種種，和專為招魂祭祀而設的中元鬼節，既寬慰了人們對往日失去的遺憾，也是對前路未知的惶惑的消解。

❊秋氣瀟瀟❊

「處，止也，暑氣至此而止矣。」《月令七十二候集解》這樣說。熾盛的夏天並不會在立秋後戛然而止，人們將入秋後那段持續的炎熱稱作「秋老虎」。而這隻老虎並不會蹦躂太久，到了處暑，暑氣便正式要收起來，一早一晚，人們會開始覺得有涼意，天地之間秋氣悄生。

「氣」是中國古代哲學最早產生的概念，在《說文》中通「原」，意為「開始」，意思是氣原本是天地萬物的本源。後來經過歷朝演變，它又從哲學延伸出去，中醫、風水、圍棋甚至節氣裡面都有了「氣」的概念。「氣」被認為是人們維持生命的基本能量，人生於四季中，身不由己地會受到四季之氣的感染。

古人認為春有春息，秋有秋氣，《呂氏春秋》中說「春氣至，則草木產，秋氣至，則草木落」，這是拿最直觀的草木做比，證明兩者呈現的狀態截然不同。清人張潮說，「春者，天之本懷；秋者，天之別調」，這是生活在春秋中的人對春秋的印象。春天草木萌發，萬物盎然，是原始的生命之氣該有的樣子，撩動的是人的盼望；而秋天作為「別調」，「嫋嫋兮秋風，洞庭波兮木葉下」的情狀，牽動的是人的沉思。

中國古代文學中歷來有「春女思，秋士悲」的傳統，直觀意思是人們多於春日蕩漾思情，多於秋日慷慨悲歌。對於這個，相信不少人都讀過相關的詩文。小時候讀《西遊記》，其中有這麼一段：「春風蕩蕩，秋氣瀟瀟。春風蕩蕩過園林，千花擺動；秋氣瀟瀟來徑苑，萬葉飄搖。」當年將它作為好詞好句抄錄，但過了十多年再看，卻覺得這「蕩蕩」「瀟瀟」二字實在貼切。「風雨瀟瀟，江山落落，死又還生春復秋」，這一番秋氣，可不是「瀟瀟」麼？

相比起人，或許物候對這「瀟瀟」秋氣的反應更加直接。處暑過後，三個物候現象相繼出現。《月令集》中說：「一候鷹乃祭鳥，二候天地始肅，三候禾乃登」，都是自然界對季節轉換的反應。秋在五行中屬金，所以古人們認為秋氣肅殺，老鷹受到這股氣澤的影響開始捕獵，「祭鳥」是指老鷹在殺鳥之後並不立刻吃，而是「陳之若祭」，就像人們祭祀祖先一樣。而比起春蓬勃而起，夏繁盛相承，到了秋，恰好是處在一個「轉」的時候，「天地始肅秋者，陰之始」，所以叫天地始肅。加之秋氣又烈，在這樣的氣澤下，「過盛之物當殺」，自春夏儲蓄夠能量的五穀到了此時，也勢必要落下。「夫秋，刑官也，於時為陰；又兵象也，於行用金，是謂天地之義氣，常以肅殺而為心。」古代以五行陰陽來劃分秋「陰」和「金」的屬性，所以古時往往選「秋氣至」時或動兵，或行極刑，都是因為這個緣故。

既然是這麼肅殺的烈氣，自然該有與之相襯的聲音。古今描寫秋聲的詩文，以宋代歐陽修〈秋聲賦〉獨絕。「初淅瀝以蕭颯，忽奔騰而砰湃，如波濤夜驚，風雨驟至。其觸於物也，鏦鏦錚錚，金鐵皆鳴；又如赴敵之兵，銜枚疾走，不聞號令，但聞人馬之行聲。」很酣暢的文字，眼下處暑剛過，秋氣雖生卻未到盛時，夏日豐草繁茂、佳木蔥蘢的餘韻還沒有來得及改變。不過看預報說馬上要下雨，一層秋雨一層涼，秋氣肯定會跟著一層層地籠上來。那時秋氣攪動天地，成風化雨落下，或如波濤奔騰，或如金鐵齊鳴，雖同樣激烈，但和盛夏濃郁的生機絕對截然不同。

正因秋「其氣慄冽，砭人肌骨」，所以秋聲才「淒淒切切，呼號憤發」「草拂之而色變，木遭之而葉脫」，這是不久後勢必到來的景致。雖然有些零落，但這衰敗裡頭有股說不上的力量，這力量很霸道，仿佛就連酷烈「暑」至此止步，不敢向前。天地間該有這一年一度的大洗禮，人也不由自主地又一次生出嚮往來。

已訝衾枕冷

連雨不知夏去，直到昨晚睡覺突然被凍醒，才發現空調被竟已經不夠蓋了。「已訝衾枕冷」，不知道有多少人對時節交替的意識，是在這樣的時刻被觸發的。要完成這樣的任務，須得是切膚之物，也就是生活中最親密的物品才行。被子當之無愧，人們一年中的大多數夜晚都離不了它，冷了就裹它，熱了就踹它，完全發於感官，是人們一生中最常做的動作裡最真實的一種。

正是因為它與人的生活實在太近了，所以我在之前甚至很少專門留意過這個物品在生活之外的痕跡，更不要說像其他器物般探究它的淵源。它是從先民們晚上知道冷的那一刻就有了吧。它流傳到如今的形制、材質發生過什麼變化？這當然取決於不同時代的生產力，或許草木枝幹、野獸皮毛等都曾代替棉布扮演過這個角色。那《說文》和《釋名》或其他典籍中是否曾提及它相對早先的存在？還真是有的，被子在古代除了被稱為「被」之外，還有一個更常見的名字「衾」。

《釋名》中分別這樣解釋它們：「被，被也，被覆人也；衾，廣也，其下廣大如廣受人也。」把被視作一種覆蓋物，這倒很符合被子的樣貌和用途；《說文》對「衾」的解釋和此處的也相和，「大被也」，要大到能「廣受人」，才能得到這個名字。衾被當今夜夜陪伴著我們，就如同千年前陪伴我們的祖先一樣。先民們在《詩經．葛生》中唱道：「角枕粲兮，錦衾爛兮。」這是夜夜與他們同眠以待朝日之物，從某種程度上無異於第二伴侶，是不能割捨的。但也有不得不割捨的時候，《詩經．小星》中說：「肅肅宵征，抱衾與裯。」「裯」是和衾一樣的臥具，指的是被單和床帳，而這裡的「抱」則是拋棄的意思，為什麼要拋棄這些呢？因為主人公夜不能寐，「肅肅宵征」。但這並不是要說明這些器物是可棄的，相反，詩裡要借主人公「抱衾與裯」這種典型的反常行為，來凸顯下層人民的痛苦。

從古到今，不知有多少人的不眠之夜，都是抱著衾枕度過的。長夜寂靜，人們心裡的思緒難免縹緲，相比之下，眼前的衾枕倒顯得切實可感。晉代張華寫他筆下的夜晚，「重衾無暖氣」「輕衾覆空床」，這一重一輕，一暖一空之間，折射出的都是士子的內心世界。還有杜甫寫他那座快被秋風所破的茅屋中的床鋪：「布衾多年冷似鐵，嬌兒惡臥踏裡裂。」布衾似鐵，被面破裂，這床上的場面觸目驚心，貼身之物都如此，其他狀況可想而知。但這樣的狀況令人讀來痛心，但好在也並不是太普及，更多的文人，還是在歲時的交替間感受到衾被給自身帶來的變化。「旦夕天氣爽，風飄葉漸輕。星繁河漢白，露逼衾枕清。」從這些觸感中，文人們感受到時節的交替和光陰的流逝。

但在古代，男人們的天地廣闊，並不會過多地流連在內苑之中，閨閣後苑，風簾繡幕，更多還是女子的世界。「胡為守空閨，孤眠愁錦衾。錦衾與羅幃，纏綿會有時。」李白的〈相逢行〉中，描摹出古代閨怨詩中常見的獨守空閨的女子的形象。閨閣生活幾乎是古代女子生活的絕大部分，於是，錦衾與羅幃，便成為能夠最常陪伴在她們身邊的夥伴。少女時代傷春悲秋，有「羅衾不奈秋風力，殘漏聲催秋雨急」；新婚出嫁時，有「文采雙鴛鴦，裁為合歡被，著以長相思，緣以結不解」；丈夫遠行獨守空閨時，有「煙鎖鳳樓無限事，茫茫，鸞鏡鴛衾兩斷腸」「鴛鴦瓦冷霜華重，翡翠衾寒誰與共」。羅衾、合歡被、鴛鴦衾、翡翠衾，都是綿麗吉祥的意象，有些在今天的婚俗中依然使用著。

被子是能令人抵禦嚴寒的用具，但看詩文中留下的種種訊息，除去溫暖，它也寄寓著不同程度的蕭索和淒清。因為這是人們留下的訊息。人的感情是最複雜的，有時候人心明明趨暖，但卻仍免不了朝冰冷而去，而這種冷，則是被子也阻擋不了的。

白露為霜

桂花落盡，接著又是秋雨。風露變換天地氣息，涼意開始往皮膚下滲，但前段時間如影隨形的焦灼最近卻不明不白地消失了。也有一些起念，也有一些放棄，好像不再願意像從前那樣執著，界限也不那麼分明。不知道跟這時節有沒有關係。

《月令集》中寫這個節氣時言辭流麗：「八月節……陰氣漸重，露凝而白也。」是說從這時起清晨植物上就可以看見凝露了，但因為其他季節也有露水，總要有所區別。於是，古人用春夏秋冬四時分別與金木水火土五行的對應來為它們命名，秋屬金，金色白，因此得名白露。

歷史上大名鼎鼎的「左思風力」的主角左思就曾經留意過這個節氣，「秋風何洌洌，白露為朝霜。柔條旦夕勁，綠葉日夜黃」，露意已被染得很足。可是後來的白居易仍忙不迭地為這節氣再補一筆：「八月白露降，湖中水方老。旦夕秋風多，衰荷半傾倒。」這下算把處暑後殘餘下的那麼點兒暑氣驅得半點不剩了。也許是覺得這零星露水太過單薄，於是詩人們就拉別的意象來與它相襯。其中出鏡率高的，當屬秋天的風。宋代秦觀寫過一首叫〈鵲橋仙〉的詞，很多人應該都知道，而裡面最著名的一句正是：「金風玉露一相逢，便勝卻人間無數。」「金風玉露」就是「秋風白露」，這裡用它來比喻戀人間的相逢，畢竟只有白露趕上了早已等在這裡的秋風，才能共同催產出一年中最好的時節。

風化而無形，難捕捉，但容易被人所感。尤其不同季節的風，給人的感覺截然不同。秦觀「金風玉露一相逢」裡「金風」並不只是秋風的一個比喻，而是古代沿襲下來的說法。《警世通言》裡就提到過一年四季的風不同的名字：「春天為和風，夏天為薰風，秋天為金風，冬天為朔風。和、薰、金、朔四樣風配著四時。」秋風在古代被稱作「金風」，這名字乍一聽和秋天給人的印象很相襯，但它並不是完全來源於此。唐代學者李善曾在注點古籍時為「金風」下過這樣一個注解：「西方為秋而主金，故秋風曰金風也。」這是除了五行外，再次把四季與中國傳統的四方概念聯繫起來，於是，金風也常被叫作「西風」。「西風吹老洞庭波，一夜湘君白髮多」，古詩文中也常能見到這個詞，很有搖曳的風致。

人的多愁善感最容易發生在季節的轉換中，所以秋風很輕易就能撩動人們的心情。相傳詩仙李白曾為秋風寫詞：「秋風清，秋月明。落葉聚還散，寒鴉棲復驚。相思相見知何日？此時此夜難為情。」秋風吹起物候的異動，除了草木上墜落的露水，還有明月寒鴉落葉，似乎此時所有的意象都被西風囫圇著捲入人們的眼底心中。魏晉時佚名氏傳下〈子夜四時歌〉，其中〈秋歌〉有這樣的一首：「秋風入窗裡，羅帳起飄颺。仰頭看明月，寄情千里光。」人們看見秋風起，於是思念遠方的親人，這是常情。

《世說新語》中有這樣一則軼事，差不多也正發生在白露時節。「張季鷹辟齊王東曹掾，在洛見秋風起，因思吳中菰菜羹、鱸魚膾，曰：『人生貴得適意爾，何能羈宦數千里以要名爵！』遂命駕便歸。」張季鷹就是西晉文學家張翰，這個人才高孤傲，不喜拘束，時人將他比作竹林七賢之一的阮籍。據說當時他在洛陽做官，看到秋風吹起，便想起家鄉吳中的風物美食，於是便辭官歸家，享受他嚮往的適意人生。

如果不看背景，單看他如此的恣意不羈，人們恐怕都會讚一句「真名士自風流」吧？其實，當時的晉朝正趕上八王之亂，八王之一的齊王對他正有籠絡之意，但張翰不願捲入其中，「秋風起」恐怕只是他的一個藉口，但這藉口找得太有根基太合乎人之常情，所以他得以成功脫身，避開了一場浩劫。所以後來人們才說「因想季鷹當日事，歸來未必為蓴鱸」。

隨著這則軼事一同留下來的還有張翰當時寫下的那首〈思吳江歌〉：「秋風起兮木葉飛，吳江水兮鱸正肥。三千里兮家未歸，恨難禁兮仰天悲。」這詩寫得調又高又看似實在，把遠離複雜政治的潛願，通過一場秋風轉嫁在口腹之欲上，讓人笑嘆之餘不得不理解他如此「正常」的需求，於是他這一番「思食之舉」就成為千古談資。古人送友歸鄉時常需要拉他出來做榜樣，比如唐人郎士元送好友歸吳時就寬慰友人說：「看取庭蕪白露新，勸君不用久風塵。秋來多見長安客，解愛鱸魚能幾人。」

但到底不是所有人都能這樣瀟灑的，北宋英豪詩人辛棄疾就在他的詞作〈水龍吟〉中嘆息：「休說鱸魚堪膾，盡西風，季鷹歸未？」同樣是秋風起兮的白露時節，但不同人的感覺就不一樣。有人覺得是寒，有人則覺得是涼；有人覺得「蕭瑟」，有人則覺得「舒曠」。

但不管人的感覺是怎樣的，秋風兀自瀟瀟，白露後草木上凝結的露水也兀自一天天密起來。「白露凋花花不殘，涼風吹葉葉初乾」，天地間難得有這麼溫潤的時刻。
這幾天不妨起早一些去外頭吹吹風彈彈露，享受這「勝卻人間無數」的好時節。

✻石榴的夏與秋✻

中秋到寒露，家裡不曾斷過石榴。即便它讓味蕾有些甜膩，但過了這段時間，雖然也能吃到，總是不合時宜。在一貫的記憶裡，石榴就是屬於秋天的，它總和中秋的明月與團圓一起出現，缺少一位家人，團圓節便有缺憾，而桌案上若沒有石榴，似乎也不算真的圓滿。及至寒露，天地間開始蕭瑟，石榴反倒格外灼灼起來，剝落一把赤紅小晶珠，噙在口中輕輕一咬，一秋的豐沛一下子迸射出來。

石榴果是好果，石榴花是好花，石榴樹是佳木。昔日江郎才盡之前，曾作〈石榴頌〉，熱烈地頌揚這種樹木：「美木豔樹，誰望誰待？縹葉翠萼，紅華絳采。炤烈泉石，芬披山海。奇麗不移，霜雪空改。」花朵燦爛，果實更令人驚喜，像是終將予人的珍寶，被包裹在斑駁的渾圓與謝後的微放間。石榴是一位火熱活潑的美人。

中國並不是石榴的故鄉。石榴又稱「安石榴」，古籍中記載此名由來：「（石榴）本出涂林安石國，漢張騫使西域，得其種以歸，故名安石榴。」原來它是西域遠客，是張騫萬里迢迢地帶它回來。好在它半點不嬌氣的，一點都沒有水土不服，又極好繁衍，種子落地便生根，折枝一插即活，幾代之後，天下處處可見。

石榴在夏日開花，這時節繁盛，花色也明豔，容易讓人聯想起少女丹紅的面頰，所以石榴也得了一個「丹若」的美名。「五月榴花照眼明，枝間時見子初成」，輕易就迷了人的眼。少時讀《紅樓夢》，當中有元妃判詞，詞中開在這個女子身畔的，正是榴花：「二十年來辨是非，榴花開處照宮闈。」元春伴隨著賈府最鮮花著錦的時節，而夏時節的榴花開處，是已然長結實了的生機與烈火灼燒般的繁茂，正如元妃省親時帶給賈府的烜赫。石榴花有大紅、粉紅、黃與白四色，有番花榴、四季榴、火石榴等各類，還有單瓣、重臺瓣、千瓣紅、千瓣白與千瓣粉紅等各狀，我不曾見過這許多花樣，但開在元春宮中的，應該就是人們素日最常見的紅色榴花。榴樹濃重的赤摻著盛夏陽光的金黃，糅合出一眼手舞足蹈的大紅。古代姑娘們心愛的「石榴裙」，也是這染著大紅顏色的裙子，畢竟其他如白、黃之類的顏色，是絕對染不出「桃花馬上石榴裙」的明麗來的。

石榴不與春花爭豔，入夏後才開始前赴後繼地盛開，一直綿延到中秋還零星可見。石榴花分雌雄雙性，雄花只開不結果，雌花會結實，所以初開時基部就如女子懷孕般膨起，花越開越小，果實則越漲越大，最終取而代之。而即便已成熟採摘，石榴果上也依然保有著花萼張開的形態，像在保留它的來處，延續它於風中盛放的記憶。

石榴果的美貌在它斑駁的皮被剝開，剔透的果肉一下子出現在人面前時達到了極致。一粒粒的像連綴的淡紅色琥珀，一滴滴的像初釀卻傾倒了的酒，淡黃薄膜隔開的像一個個蜂房。北宋梅堯臣的詩：「安榴若拳石，中蘊丹砂粒。割之珠落盤，不待鮫人泣。」賞心悅目，看著就覺得好甜，捨不得吃。但還是要吃的，這「天下之奇樹，九州之名果」，如果光看不吃，同樣也是暴殄天物。晉人曾有〈安石榴賦〉，對石榴不吝溢美之詞：「華實並麗，滋味亦殊。」「商秋授氣，收華斂實，千房同蒂，十子如一。繽紛磊落，垂光耀質，滋味浸液，馨香流溢。」這麼極致的讚譽，幾乎都要為之加冕水果之王的稱號了。且那優中還有優，異中還有異，像《酉陽雜俎》中的南詔石榴，《本草》中的水晶石榴，四時開花不歇的四季榴，源自海外樹小實大的海榴……都是石榴中的異品，少有人能得見，但只作傳說流傳也好，你可以盡情想像它的滋味。

吃石榴，最適合在這由涼轉冷的仲秋時節。眼下寒露已過，霜降未至，《月令集》

中道：「寒露，九月節，露氣寒冷，將凝結也。」氣溫下降，空氣乾燥，人容易感冒，呼吸道上的諸多疾病也容易於此時滋生，這個時節，人體需補充一些性溫、味甘並且相對滋潤的食物，而石榴恰好兼此三性，浸入肺腸之中，有生津止渴、固本止損的效用，於口乾舌燥、腹瀉出血、咽喉炎症等疾症都有益處。不過，石榴甜度高，且與番茄、馬鈴薯等物相剋，需小心注意，即便是平常人食用，也當適可而止。

如今，一年四季吃石榴也不算什麼罕事，可即便沒有上述那些好處，也總是覺得石榴就屬於眼下這個時節，其餘時候就算它出現在果攤上，也少有人問津的。一時的風物承載有一時的記憶，也牽連有一時的溫情，無法輕易替代。小時候每次吃石榴，母親都會親手剝成一粒粒的，盛到白瓷碗中端到我面前。聽起來實在有些不像樣，但母親從來如此，也不覺得寵溺了孩子。所以幼年時吃石榴的印象，都是直接瑩潤的一碗紅晶珠子端到面前來，只需一勺挖下去，唇齒再稍稍用力，清甜就輕而易舉地碎裂在口腔中。這甜蜜是得來全不費工夫的，以至於多年後，到了第一次需要自己親手剝石榴的時候，我竟不知道要從何下手，最後居然粗暴地拿刀切開了事。再不是記憶中的晶瑩悅目了，一瞬間汁水橫流，淡紅色琥珀珠子被攔腰而斷，露出磨砂的微濕與慘白。那一刻真有種錯得離譜的驚惶，忙不迭地趕緊把當中被切碎的珠子吞掉，將其他的小心剝落，直到終於見到記憶裡的紅晶珠子。真希望石榴味的秋天慢點過去。

秋日長安

不知道當年玄奘萬里西行歸來後的那些秋天，看著長安城久違的秋色，他心裡會湧上什麼樣的感覺？他或許會想起在西域的路途中度過的十七個秋天，當時無不覺得深刻，但此刻居然全都模糊了。但那用長久的艱辛交換回的碩果還近在眼前，人生至此，似乎也沒什麼遺憾了，他感到心安。秋分之後，長安的天慢慢黑得早起來，眼前景致雖還留有盛夏的餘韻，不荒涼不蕭疏，抬眼望去，處處仍見繁盛，但秋涼畢竟是上來了。處暑後慢慢消下去的燥熱，也徹底不見了蹤跡。乾坤能靜肅，寒暑喜均平，這個剛剛好的時節，人們會覺得舒適，平和，想念很久前的事，也願意多走出戶外，融入這個溫和的時節。

大雁塔下從來不缺少人。當年玄奘用來安放從印度帶回的經像而修築此塔的時候應該沒有想到，千年之後，當時慈恩寺所在的晉昌坊連同唐王朝一起煙塵俱散，但這座塔卻仍固執地保有著昔日的結構，牽扯著這座古城的前世記憶。《天竺記》中記載：「達嚫國有迦葉佛伽藍，穿山石作塔五層，最下層作雁形，謂之雁塔。」昔日玄奘西行曾建此塔，故取此名，後來為了跟薦福寺雁塔區分，稱作大雁塔。儘管在周圍的風貌控制下，它有些孤高地被凸顯出來，但前人詩中什麼「塔勢如湧出，孤高聳天宮」「七星在北戶，河漢聲西流」的形容，還是有些太誇張了。對於現代都市而言它實在不算高，如果不是強行辟開這麼一塊空地，它恐怕早就被淹沒在現代大樓的包圍中。但與現代城市的變化速度帶給人的隱隱恐懼相反，它久久地在那裡，久到讓生活在這裡的人們習以為常。這種恆久讓人覺得安定，一千多年，它究竟看到過多少事？一千年後，它還會在這裡嗎？

秋分一過，塔下一貫的喧嘩熱鬧就此消退。肅烈的秋氣開始隱隱掀起苗頭來，草色雖還青翠，荷葉尚且亭亭，紫薇和木槿也仍開著，但枝頭的柿子已經紅得發亮，高處染了金邊的銀杏悄無聲息地掛上了果，簷下的南天竹開始斑斕起來……這一切變化都是無聲的，等你留意到的一刻，草木多時的暗自努力便豁然湧至眼前。「天地始肅秋者，陰之始」，在這之後，過盛之物則當殺。而此刻眼前的蔥蘢更像是一場迴光返照，很快，登塔的人們就能看到「秋色從西來，蒼然滿關中」的景象了。這些時節演替間的大動作，人世有察覺，塔與佛無動於衷。

但秋分到底是溫潤的好時節，古樸的大雁塔像一個溫厚的長者，恰好與秋日的氣質相宜。除了遊客，隨處也能見到閒庭散步的本地人。正是桂花季，花香濃郁喜人，有相攜的老人被吸引，停在花前。老爺子拿著手機拍照，老太太的手都已經不自禁地伸了出去，又有些不好意思地收了回來。行經一個小池塘，荷花早已凋盡了，只剩荷葉還亭亭著。與一對中年男女擦肩而過，恰好聽到女人怪男人：「你不是說帶我來看荷花嗎？花呢？」偷笑。一個明顯不合時宜的約定，當中包含了多少被匆忙吞吐的歲月。但願景終歸是好的，或許是忙碌了大半輩子，至此才終於有了關注時節風物的閒情，這樣的事，什麼時候都不算晚。不時見到三兩個穿著漢服的姑娘從身邊走過，還有個一身紅衣的姑娘，拿著個簫管坐在高處，姿態瀟灑，神色卻有些拘謹，下面有人替她拍照。在西安常能見到有人穿著古裝參加各種活動，人們不以為意，匆匆走過。

雖說「春分秋分」都是「晝夜平分」，同為一年當中均平的好時候，但秋分時節的一切都顯得慢慢的，與春分時的輕快靈動不太相同。古人在《月令集》中記載秋分三候：「一候雷始收聲，二候蟄蟲坯戶，三候水始涸。」這些都是隱藏在自然中的秘密，那時天地安靜，再細微處也能被敏感體察。而今城市中眾聲喧囂，人們感知的觸角也退化了，節候的分界像是再不與自己關聯。不過，若是遇上存在感實在強的風物，那也是避無可避的。

避無可避的好物，秋分時節，在桂花。賞花之趣，一定要情境相宜，才能深得其味。在大雁塔西邊有一座高臺，臺上有畫欄，欄邊有一株金桂一株丹桂，都有了點年頭，樹冠很大。站在臺上，遠近燈火掩映，古塔仿佛觸手可及，塔上風鈴不時作響，明月掛在簷角，清甜香氣裡有草蟲低鳴。這個時刻，就像是整個秋分時節的美都歸你一個人。「畫欄桂樹懸秋香，三十六宮土花碧」，當年李賀為物是人非、盛衰不可逆而傷懷，如今千年交替，人與物早又換了幾輪，但面對眼前的這一刻，我只覺得滿足。多少人行到地盡頭，卻仍對咫尺之內的美全無察覺。並不是所有人都能享受節氣裡的幽微之美，常常沾沾自喜，同時為此遺憾。

桂花臺下有步道，每次回去時都會經過，道旁立著許多鐫刻著唐詩的燈柱，上面都是唐人的詩作。隨意瞥過去，常見「憶長安」「題名處」「春日遊」「思往日」之類的字眼，都染著古銅意味。無意間瞅到賈島的一首詩，很合當下這個時節，停下來讀完：

病身來寄宿，自掃一床閒。反照臨江磬，新秋過雨山。
竹陰移冷月，荷氣帶禪關。獨往天臺意，方從內請還。2

不算是「鳥宿池邊樹，僧敲月下門」那樣漂亮的句子，但讀下來也是舒服的。我正經歷著的這個秋分，承繼了從前無數個秋分的記憶，此時此刻身在之處，也正和千年前許多人的腳步重合，這樣無以名狀的連通感，讓我很喜歡。

2 唐．賈島〈宿慈恩寺郁公房〉。

❈夜未央❈

竟然又秋分了。晚歸的路上，發覺風已經變涼，而第二波桂花的香氣也消失了。昨晚和丈夫去看了半場電影，兩個人都有點感冒，他累了幾天，直接在電影院的座椅上半躺著睡著了。白瞎了諾蘭乒乒乓乓的時間新概念。兩個人都沒看進去。於是便不再勉強，中途離開。

還是要有儀式，過去我給自己安排的儀式金風玉露，沒有覺得不奇妙的。比如前年的秋分，剛生完女兒半年，哺乳期也不能亂走，卻在中秋前的桂花季裡橫下心，跑去雁塔下拍桂花樹。而去年的秋分，父母退休後一起來幫我照看孩子，也沒別的事，就帶他們去山中看葉子。而今年的秋分，則什麼都沒幹，在家給丈夫收拾秋天的衣服。我不是細緻的妻子，在一起十年又結婚四年，很少為他做這些事。當然也不給自己做，都是隨意地拿起什麼是什麼的。但就是在今年起，不想再這樣下去。把櫃子裡的衣服理出來分類弄好，又把牆角的掛燙機挪出來。處暑後天氣反反覆覆，一直要到秋分，才真正該換上秋衣了。

隨著衣服上日久的褶皺被一道道熱氣熨平，心情也隨之舒展開。回顧起自己從前犯過的許多錯。都不是大事，所以很難有發覺的契機。比如對事物形式的追求從來超過了對事物本身。就連愛，就連生活。好比總是不停追問意義，卻慢慢在過程中消磨掉真實。以至於如今回看，除了空空如也的情緒，平滑如秋水的氛圍，十幾年來什麼都沒有在經營。

秋分過後，夜就比晝長了。下班回到家時，天便擦黑兒了，而後便進入「長夜漫漫」。我很喜歡「長夜漫漫」這個詞，說不出為什麼，但就是覺得長夜就該是「漫漫」的。試想，如果換成「漫漫長日」，就不是這個感覺了。

〈長恨歌〉中寫過一個夜晚：「遲遲鐘鼓初長夜，耿耿星河欲曙天。」那是在安史之亂後，唐皇室剛從叛軍手裡收回了長安，但這麼晃蕩一場，家國人非物換。什麼都沒有了的唐玄宗獨居偏殿，懷念著和貴妃過去的日子。心中不同層次的痛苦縱橫交錯，從黃昏一直磨人到天色將明。還有〈漢宮秋〉裡，昭君出塞後漢元帝獨自度過的夜：「過宮牆，繞回廊，近椒房，月昏黃，夜生涼，泣寒螿，綠紗窗，不思量。」人心中的痛苦延長了黑夜，黑夜也同樣掩藏了人們心中的傷痛，因為白天是「公眾」

的，而夜晚則是「私人」的，一些在光天化日下必須掩蓋的東西，在夜色中被短暫地釋放。

於是，盼夜「未央」。誰都盼，從來盼。屈原「及年歲之未晏兮，時亦猶其未央」；謝朓「大江流日夜，客心悲未央」；杜甫「主人送客何所作，行酒賦詩殊未央」……漢代還有著名的未央宮，和長樂宮組合成「長樂未央」的意象，意思是「永遠快樂、沒有窮盡」。因為意頭好，唐代也保留了「未央宮」這個名字，今天的西安城也劃出一個區叫未央區，都是對這美好寄寓的延續。而「未央」最早也是和夜有關的，《詩經》裡唱：「夜如何其？夜未央，庭燎之光。」夜怎麼樣了？夜還沒有盡呢！於是莫名就有種安心感，還能在安全不被打擾的私人區域裡多待一刻。

盼夜未央。一個人讀書寫作的夜晚，開窗有桂花氣，舉頭有明月光，這樣的夜晚，多一次都是賺來的。可生活中既有牽連，無論隨之而來的是空茫還是愁緒，掛在心上總是沉甸甸的。

✻中秋月明人盡望✻

如今中秋節，大家是不是都不怎麼流行看月了？可在我看來，月亮在這一夜裡主角光環確實太盛了，照透了古往今來。人們或許不知道因為中秋「此夜月色倍明於常時」，所以這一夜也有「月夕」的說法。但在「丙辰中秋，歡飲達旦」後照耀蘇軾的那輪「嬋娟月」的確是家喻戶曉的。大文豪和中秋月一樣耀眼，讓人很容易就自慚形穢了。

吃完節日飯，帶女兒去附近園子裡看月亮。這樣的夜晚，是〈漁舟唱晚〉尚能流暢彈出的喜悅。尋常而無諸多新細節，故清簡有留白。孤身一人才總想著時不我待，有愛有暖，誰不想光陰虛擲？

女兒似乎也不怎麼常見月亮，只能從熟悉的詩歌中找經驗，「舉頭」能望見的，那肯定就是嘛。於是不惟天上的，就連樹上掛著的裝飾燈也被她看作一堆月亮。年輕的爸爸對懷中純淨的黏膩和依戀無以為報，毫無原則地信口哄著，只恨自己不能當場上樹給她摘。

兩大一小就這樣瞎溜達到月上枝頭。女兒遠不能體會媽媽對這一刻的貪戀，反正她一直窩在爸爸的懷中。倒是很敏銳地發現天上那一輪，也不忘瀟灑告別：「我回家了，月釀（亮）拜拜，下午（回）再來！」小女娃娃太可愛了。

人們賞月、拜月甚至祭月的傳統，從幾千年前就開始了。《禮記》裡就很端莊地記錄著，當每年「秋暮夕月」的時候，人們要聚在一起祭拜月神。只是這裡的「夕月」指的未必是中秋節，「月夕」一詞在被中秋占下前，一直是月末的意思。直到唐宋時，中秋賞月拜月才演變成了一場全民活動。

宋代《東京夢華錄》裡的中秋夜，「貴家結飾臺榭，民間爭占酒樓翫月」，這是宋代開封人民中秋玩月。明代陸啟浤《北京歲華記》裡的中秋夜，「人家各置月宮符象，符上兔如人立；陳瓜果於庭，餅面繪月宮蟾兔；男女肅拜燒香，旦而焚之」，這是明代北京人中秋拜月。而到了清朝，《吳郡歲華紀麗》裡的中秋夜，展現的是當地「走月亮」的風俗畫卷。清朝的社會風氣說開放也沒有那麼開放，但在中秋夜，閨中女子卻紛紛相約盛裝出遊。「路不拾遺，夜不閉戶」的遠古理想雖然達不到，但這一夜裡，「裡門夜開，比鄰同巷，互相往來。有終年不相過問，而此夕款門賞月。……

雖靜巷幽坊，亦行蹤不絕」。就連終年不相往來的人們，這一天都能在一起整夜不睡，互通有無，玩賞月色，名曰「走月亮」。

古代中秋節的看月，更像是傾城出動的一種儀式。月亮是一年四季都在頭頂掛著的，陰晴增減，每月十五一回團圓。我想每個人小時候都曾有過一個錯覺，感覺走夜路的時候，月亮是跟著自己走的，我們走到哪裡，它就跟到哪裡。「月出於東山之上，徘徊於斗牛之間」，這是山裡的月；「灩灩隨波千萬里，何處春江無月明」，這是江上的月；「二十四橋明月夜，玉人何處教吹簫」，這是橋邊的月；「淮水東邊舊時月，夜深還過女牆來」，這是牆上的月。明月無處不在，所以很容易就能和曾經的經歷

融合起來。「月下談禪，旨趣益遠；月下說劍，肝膽益真；月下論詩，風致益幽；月下對美人，情意益篤」，月是很有美化功用的。很多事情到後面可能當事人自己的記憶都模糊了，但那段經歷中不時出現的月色卻是記得的。於是「舉頭望明月，低頭思故鄉」，於是「但願人長久，千里共嬋娟」，記得的是故鄉的月，是和故人一同看過的月，懷念的是月，也是故鄉故人。

當然，月本身也是很美很美的。用清人張潮的話說月色就是「無可名狀，無可執著，足以攝召魂夢，顛倒情思」。月的美不用多說，每個人都有自己的見解。明代《小窗自紀》中有幾句關於月的描述，把月色之美描述得很精微：「小窗偃臥，月影到床。或逗留於梧桐，或搖亂於楊柳。翠葉撲被，俗骨俱仙。及從竹裡流來，如自蒼雲吐出。清送素娥之環佩，逸移幽士之羽裳。相思足慰於故人，清嘯自紓於長夜。」像是一個有靈有情的生靈，飄忽得天地間能讓「俗骨」俱仙，當是美得很有能動性了。所以人們忍不住為它附會上傳說：「青女素娥俱耐冷，月中霜裡鬥嬋娟。」

如果天上沒有月，那過去幾千年所有美好的夜景就都不存在了。人們深知這一點，所以每年一定要選上一天以為紀念。「明月照映，秋色相侵，物外之情，盡堪閒適」，由此，秋月的意蘊倒比春月更濃了。「世俗恆言，二八兩月為春、秋之中，故以二月半為『花朝』，八月半為『月夕』也。」人們選了中秋這一天，萬眾一心地表達對月的情愫。「王孫公子，富家巨室，莫不登危樓，臨軒玩月」，這是富貴人家與中秋月；「鋪席之家，亦登小小月臺，安排家宴，團圞（音鑾）子女，以酬佳節」，這是小康之家與中秋月；「雖陋巷貧窶（音巨，貧陋）之人，解衣市酒，勉強迎歡，不肯虛度。此夜天街賣買，直至五鼓，玩月遊人，婆娑於市，至曉不絕。」這是貧困人家與中秋月。都是一輪明月，有錢有有錢的賞法，沒錢有沒錢的賞法，分明不一樣的世情，在中秋夕月下，也一樣了一刻。

我太愛月亮了，以至於在方寸家中安了一個月洞門。當年就為裝這個，和家人好一番鬥爭。反對的原因大概就兩點：「家裡本來也不大折騰什麼」「別人家沒有這樣的」。反正不管誰說，我都充耳不聞。房子再小裝個門的地方還沒有了？別人家有沒有與我何干？別人又不住我家，我住我家。反正我就喜歡月亮門，從小就喜歡。

月亮門又叫「月洞門」，看名字就知道，因為長得像「月亮」而得名。往江南那些園林多的城去逛，到處都能見到。它常常靜立在園子深處的小徑中，一邊供人過道，一邊把園子隔出兩院，這頭那頭各有洞天。紅樓夢裡，大觀園試才題對額，賈政他們就是「繞著碧桃花，穿過一層竹籬花障編就的月洞門」，走入大觀園的最深處的。門外是「粉牆環護，綠柳周垂」，門裡則兩邊都有遊廊相接，「一邊種著數本芭蕉；那一邊乃是一棵西府海棠，其勢若傘，絲垂翠縷，葩吐丹砂」。反正就是給你搭個架子，具體的憑你瞎折騰去唄。

月亮門也並不是孤立的。作為園林建築整體中不著痕跡又不可缺少的一部分，它柔化了建築物的鋒銳稜角，又隱含了人們向「圓」的情結。如果沒有這扇月亮門隔著，園林景色再美，也不過是把一幅一目了然的美畫拋出來給人看，園林會缺少幾分浪漫的韻味，遊人也會缺少許多峰迴路轉的驚喜。

反正我最喜歡我的月亮門。西安是北方城市，園林風貌以爽朗疏曠為主，月亮門也不像江南那麼多。但因為我自己家就有，所以也不會覺得長時間看不著。家裡這方寸天地，當然弄不出「洞門煙月掛藤蘿」的樣子，我也只是保留其基本形態，又做了改良。但就算只有形態也夠了，「孤月明秋空，清影跨洞門」的氛圍就有跡可循。

我每天都要從中穿過無數次，穿過一次就高興一次。

依稀明月光裡，秋蟲正當時。一下子把人扯回小時候去。賞月歸來，女兒被姥姥的一根棒棒糖勾走了，沒法哼著「床前明月光」的歌謠哄她入睡。盼她慢些長大，因為長大是真的累，不過窗前的月，此時是真的潔白。

✻皎皎月，白玉盤✻

出夜差的高鐵上，窗外山間有一彎弦月。

科技折疊時空，回想小時候就算到臨市的姨媽家，也要躺在綠皮車上晃晃蕩蕩一夜。其實並不喜歡那個目的地，但還是年年都願意跟著去，因為實在喜歡黑夜裡的這段路途。不為別的，就為這沿途的山水，各式各樣的山與水，各時各色的山與水，山水讓人放空，思緒飄飛之餘，窗外變換的是不同風景裡截然不同的村莊，偶爾跳動的鴉，和那一彎一輪的月。路過才是所求。

研究生時在報社實習，好幾次凌晨被派到臨市的深山裡去采一些傳統民俗的風，還要趕第二天一早七點前發掉稿子。差事是苦，但當大巴車穿過江南的深山，森森細細的竹林和流水，到達一段保留完好的生活，采走它存在了很久，但又還冒著熱氣的片段，又覺得無比值得。而那些夜晚，窗外也是這樣的月色。

歲月竟這麼容易被連出立體感。而滿足也這麼簡單。但不能細味，否則又會覺得有些可憐。

很少有人能記清自己第一次見到月亮是什麼時候吧。畢竟肯定都是很小的時候，那一刻的驚奇很容易就會被丟失在童稚時的混沌懵懂中。況且月亮掛在天上搆不到，而且這搆不到的東西還會發光和變化，就更添了神秘。但它總要有個名字呀，於是，在它變成最具標誌性的圓形時，孩子們試探性地就拿身邊熟悉物品的名字來套。李白寫詩：「小時不識月，呼作白玉盤。」

古時不是家家都用得起白玉盤這樣的名貴物什，但盤子總是人人都熟悉的。人們一天離不開盤中餐，就一天離不開餐下盤。所以，雖然我從未讀到過盤之為物的起源，但卻不難想像，它絕對可以追溯到遠古人類起源的時候。不管那時人們是靠打獵還是采集獲取食物，也不管用以盛放這些食物的器具是樹皮還是樹葉，當人類借用外物以便轉移食物的時候，「盤子」的雛形就已經產生。而隨著人類文明的日漸發達，盤子的邊緣也被修理得日漸齊整，造型也豐富完備起來。

早期的盤多取材於自然。《說文》中說：「槃（盤），承槃也。從木，般聲。鎜，古文從金。盤，籀文從皿，字亦作槃、作磐。」古時盤子的材質以輕便的木頭為主。不過在先秦時，通過冶煉製成的金屬盤也不難見到了，大名鼎鼎的毛遂就曾「奉銅盤而跪進之楚王」。而在古代，盤與盆的功用還不像今天這麼分化的時候，除了盛放食物之外，盤有時也會被人們用作盥洗用具，甚至還會被莊嚴地置於一些儀典之上。《禮記·喪大記》這麼記錄道：「君設大盤造冰焉；大夫設夷盤造冰焉；士並瓦盤無冰。」還有一些儀制：「少者奉槃（盤）」「（士）執槃（盤）西面」，都有規矩。

其實，每對中國古代物品瞭解得多一點，就更多一些體會到當中對個體間身分差異的強調。盤子的不同材質的背面，盤中的不同物什的後頭，都明擺著主事者想向世人昭示的內容，而在一場接一場明裡暗裡的強化後頭，當事人和旁觀者從表面上和心底裡都接受了這樣的差異，古代宗法社會裡的諸多規制也就因此約定俗成。

有的時候會本能地覺得不可思議和排斥，也可能是因為自己的年齡與輩分都不到，放在古代肯定只有用家中最差材質最小規格的命，同時還要奉行這樣那樣的各種規矩。而自己已然被現代社會縱容得無拘慣了，於是真的很難想像如果連一日三餐裡用的盤子都區分個長幼尊卑的話，生活得有多壓抑。但有時也會陷入迷惑，古人將幾千年的倫理制度寓於器中，衣食住行中無時無刻不在提點著人們，才使得大家一舉一動都不敢怠慢，而如今，器具中蘊藏著的古老規矩早被現代社會擊得粉碎，可是，那些保有著風雅和想念的儀式感又該去哪裡尋找？

還是將注意力扯回到器物本身上來。古人詩文中，多見描述盤中物的篇目，比如「良人玉勒乘驄馬，侍女金盤膾鯉魚」；抑或是用諸如「金盤」「玉盤」的字眼，來描述這些精緻盤具後的感情，像是「美人贈我金琅玕，何以報之雙玉盤」。不去管那些明裡暗裡的社會意涵，無論什麼時候，漂亮的東西總是賞心悅目的。古代漂亮盤具的材質很多，除了金玉，還有剔透如「水晶盤冷桂花秋」，精巧如「涵碧湛湛琉璃盤」，甚至華貴如「琉璃琥珀象牙盤」。到後來陶瓷工藝越來越發達，像是哥窯盤子、汝窯盤子之類中，也不乏精品。盤子的形制也多種多樣，圓形、橢圓形、方形都是尋常式樣，還有像「八方盤」「花卉盤」等。更有材質和形制渾然一體的，像是《紅樓夢》中「大荷葉式的翡翠盤子」，更是精貴得讓人咋舌。

工匠們技藝高超，今日我們還能在博物館中看到不少古代盤具，相比現代常見的機器批量製造的瓷盤，即便是普通的木頭盤子，上面的一刀一抹，或雕刻或繪紋，也精工細作令人驚嘆。你能感受到它們是如何被專注製作，又是如何被莊重珍藏的。

於是，一段很舊的時間就這樣被它們珍藏下來。對著這樣精緻的盤具，誰捨得風卷殘雲盤中餐呢？必定是要一口一口地細嚼慢嚥啊。

羨慕歸羨慕，文物當然可望而不可即，現代社會的發達當然也不必浪費，只是現在的物質實在太豐沛了。盤子也是這樣，總是被匆匆忙忙地產出，隨隨便便地使用，再被輕輕鬆鬆地丟棄。我想，現在依然有孩子會將月亮比作圓盤，而現代生活的更新換代卻很難為人們留下什麼，很久後看，怕只有月亮還是那個月亮了。

◆⁂秋雨梧桐葉落時⁂◆

究竟什麼是零落？不到深秋，沒法切身體會這個詞。第一次認真注意到這個詞是在屈原的〈離騷〉之中，屈原在裡面嘆息著說：「惟草木之零落兮，恐美人之遲暮。」當時我想，哦，零落就是深秋樹上掉葉子，再更進一步想，就是紅顏白髮，老了老了。那時還小，體會不到秋的肅殺之氣，只覺得風光絢麗，「嫋嫋兮秋風，洞庭波兮木葉下」的樣子很好看。

就是今天也依然覺得好看，秋葉零落是秋天最常見的美景了，人們喜歡看之餘，也很敏感。西漢《淮南子》中的「見一葉落而知歲之將暮」，說的就是這種敏感。好像不久前的夏日裡還蒼翠著的葉子，忽然就被莫名之氣催掉了一片，而後人們倏然意識到，秋天又要來了。時序沒有隔閡，就連世外隱遁的人也能感知到，「山僧不解數甲子，一葉落知天下秋」，出世入世就這樣連在一起，用共同時間。

在傳統文獻裡，秋日裡最常被提到的樹木是梧桐。這個名字我們常聽，但這種樹我們如今已不大常見了。如今常能見到的、被人們口口聲聲喚作「梧桐」的那個，其實是近代才湧入街道兩邊的、會在暮春時飄起滿天棕色飛絮的，又被稱作「法國梧桐」的懸鈴木，那是近現代才引入的，是舶來品。

如果草木有知覺，真正的梧桐應該會有些落寞的。梧桐在古代有「青桐、碧梧」之稱，有很清高挺拔的姿態。它也不會在春天亂飄毛絮，它很堅韌，有「柔韌之木」之稱，能用來製作古琴。它在這片土地上生活了幾千年，有過很輝煌的歷史，早在《詩經》裡就有人說：「鳳凰鳴矣，于彼高岡。梧桐生矣，于彼朝陽。」說明最晚從先秦起，它在古人心中的地位就已經很高了。梧桐一直被人們奉為「木中清品」，甚至傳說中最古老的神鳥鳳凰都只棲息在它的枝幹上。在歷代天子的宮苑中，梧桐也是最重要的樹木，被栽在華貴的庭中。春夏間百花茂盛的時候它沉靜生長，而到了蕭條的秋，它的葉子就落下來，伴著一場場雨，供錦衣玉食卻孤單寂寞的人派遣愁思，於是就有了「金井梧桐秋葉黃」和「寂寞梧桐深院鎖清秋」。

元代白樸將唐玄宗與楊貴妃的愛情悲劇寫成了著名的悲劇《梧桐雨》，它被命名為「梧桐雨」而非「芭蕉雨」或是其他什麼雨，就是因為梧桐樹在人們心中特殊的地位。「這雨一陣陣打梧桐葉凋，一點點滴人心碎了。枉著金井銀床緊圍繞，只好把潑枝葉做柴燒，鋸倒。」一有了秋雨梧桐，氛圍輕易就能被點足。而像「當初妃子舞翠盤時，在此樹下，寡人與妃子盟誓時，亦對此樹」的時候，也都是「春風桃李花開日」的好辰光，主人公未必能注意到眼前的一花一木，但在「秋雨梧桐葉落時」，卻可拿來對應憂傷。

因為仿佛通人情感，所以梧桐葉被看作是有靈性的。清代陳淏子《花鏡》中說：「此木能知歲時，清明後桐始華，桐不華，歲必大寒。立秋地，至期一葉先墜，故有『梧桐一葉落，天下盡知秋』之句。」「清明後桐始華」應該是從《月令集》中出來的，是清明三候之一。而到桐花落後，梧桐就沉入春夏的蓬勃中蓄力，這股力量要到入秋後才會發出來。據說宋代時的立秋那天，宮中會有報秋儀式，宮人把栽在盆裡的梧桐移入殿內，「立秋」一到，便有人敲一下梆子，高聲道：「秋來了。」此時梧桐應聲落下一片葉子，就算是天下知秋了。

秋分後，秋越來越深了，道旁的銀杏開始黃，但城市中的懸鈴木（法國梧桐）似乎還沒怎麼掉葉子。但或許很快就要開始了，印象裡秋葉的凋落總是來勢洶洶，幾場秋雨的事。

「世事一場大夢，人生幾度新涼？夜來風葉已鳴廊。看取眉頭鬢上。」蘇軾的一闋〈西江月〉，很適合當下這個時節。三十歲之後，便知道有些詞不必讀完了。

◆※重陽節後，采菊東籬※◆

菊花殘，秋水寒，蘆荻蕭蕭，層林盡染，寥落催動某些往事，春與秋都是人間。又是一年重陽。這個節日不如春節、中秋熱鬧，但也並未像上巳、花朝那樣徹底沉寂下去。如今重陽節被定為「老人節」，這個說法還比較年輕，而重陽節之於中華文化，實則有著更加綿長的傳統和更加深厚的淵源，源於先民對於命途吉凶的思索，伴隨著祖先順應時節的氣息，向來被格外認真地對待。

若往前追溯中國古代哲學的源頭，有一個概念是繞不開的，這就是陰陽。陰陽平衡，是天地相對、日月升沉、晝夜相交，四時輪轉的根基。雖說兩者相生相剋、相容相剋，缺一而另者不存，但在古代，人們還是會更偏愛陽性的事物，比如應該沒人好好的不想待在陽間（人間）而想去陰間（死去），人們生育也多是「盼男（陽）輕女（陰）」，蓬勃的春夏（陽）給人的感覺總要比寂寥的秋冬（陰）要好上許多，見日的晝（陽）也總要比現月的夜（陰）更方便人們生活。而時日一天天過去，人們用數字一點一滴地標誌著這種流逝，而《易經》又特別將「九」定為陽數，並且是最大又最神秘的數字，日與月兩「九」相重，九與九兩陽相會，重陽節之名，本就帶有吉祥的意味。對於極盡尊崇自然哲學、生活又極講規則的古人來說，這個日子會成為重要節日之一，一點也不奇怪。今天我們或許對重陽節的種種傳統風俗模棱兩可，但它曾經的特殊意義，還是值得被瞭解更多。

重陽節是要登高的，這是古時這一天家家戶戶扶老攜幼都要完成的儀式。王維憑藉那首家喻戶曉的〈九月九日憶山東兄弟〉，成功把古代重陽節的重要風俗植入千年後現代人的頭腦中：「獨在異鄉為異客，每逢佳節倍思親。遙知兄弟登高處，遍插茱萸少一人。」家家歡聚的佳節，思鄉懷親是人之常情，而在重陽節這天思念起家人，卻有著具象的畫面。缺席的遊子知道，這個時候，家裡人必定都登到高地上去了，可見此習俗在當時的風行和鄭重。這個時節，已經臨近秋末，山上的顏色斑斕起來，若登上高處，俯瞰眼下紅黃漸變，層林盡染，渚清沙白，落木蕭蕭，當然也是說不盡的舒心快意。但重陽登高的由來，據傳起因卻並非是為了賞景，如南朝《續齊諧記》中載，是費長房告訴跟他學道的桓景一家人在九月九日這天的避禍之舉。等到桓景日落下山回家時，發現家中雞犬牛羊全都暴死，費長房說，這是牲畜代他們受了禍事。故而此後，世人每至九月九日，都會舉家登山避災祈福，漸漸成了風行歷代的重陽傳統。如《臨海記》中所錄：「郡北四十步，有湖山，山甚平正，可容數百人坐。民俗極重，每九日菊酒之辰，宴會於此山者，常至三四百人。」如臨海縣這樣的情狀，古時九州之內比比皆是。

既是傳統，即便是在異鄉，也是要遵循的。某年重陽，王勃與盧照鄰在蜀中玄武山相聚，雖然有良朋在座，但分明該是闔家團聚的時日，獨在異鄉也難免落寞，他們寫詩感嘆，「九月九日望鄉台，他席他鄉送客杯」「他鄉共酌金花酒，萬里同悲鴻雁天」，鬱結著說不清的憂愁，然而即便不能和親人共度，能與朋友一起在高處喝菊花酒，也能退而求其次地體會到重陽的存在感。

重陽節是一定要有菊花酒的，因此這天也被稱作「菊酒之辰」。有時節中喝了還不夠，第二日「小重陽」（古時重陽後一日常再集宴賞，稱小重陽）還要繼續，「昨日登高罷，今朝再舉觴」，李白雖然同情菊花「遭此兩重陽」的苦楚，可真當要喝的時候，還是不含糊的。不含糊的還有陶淵明，重陽節正沒有酒喝時，江州刺史王弘命人送來了酒，他二話不多說，拿過便飲，酣醉而歸。因當時官府驅役之人著白衣，於是「白衣送酒」的典故就這麼流傳下來，後世用以比喻心之所望，有人相助成全。

重陽節正是菊花開得最好的時節，李清照只有在此時「東籬把酒黃昏後」，才會有「暗香盈袖」，杜牧也只有在此時「與客攜壺上翠微」，才會不斷看見「菊花須插滿頭歸」的場景。秋山菊花好看，又能泡茶、釀酒，喝了還有強身延年的效用，所以，不論從悅目還是養身的角度，菊花在重陽節都頗合時宜。

合時宜的植物還有茱萸，在王維的詩裡，他所思念的站在高岡上的親人，身上都是佩滿了這種植物。茱萸是一種平時不太起眼的落葉小喬木，開花渾圓嫩黃，清秀可人，但顯眼是算不上的。可到了重陽節時，茱萸花早已凋落，赤紅的茱萸果卻成熟起來，不僅晶瑩可愛，還有著微苦的清香。當年費長房除了告誡桓景家人登高之外，還提醒了他們要佩戴茱萸囊來辟邪。神話裡的辟邪之說自然不必較真，但茱萸所帶的微毒能夠驅蟲滅蠅，於人身體有益。後來茱萸的實際效用被其他植物取代，辟邪之說人們也不以為然，它也就漸漸退出了人們的視線，只活躍在前人的名詩句中。

✻人跡板橋霜葉紅✻

霜降這夜有韻律。

下班後去接女兒回來，小東西很黏媽媽，直往媽媽懷裡鑽。陪她把喜歡的玩具玩了個遍，因為還沒來暖氣，媽媽嫌我晚上睡得沉，所以每次都堅持帶她回去。因為惦記著吃姥姥家的麵包，小傢伙也很爽快地揮著小手告別：「媽媽拜拜，下次再來！」好笑失落心酸攪結出特殊的感受，就算她看起來還是健康成長著，但始終放不下對她的愧疚之心。

丈夫依舊出差，那天問他能不能回來，得到「你回去我也想回去」的答案，就是這麼一點點，也可以牽連很久的心安。再說也不是不喜歡這只屬於自己的夜。讀書練字寫點文章，若有不順就放放，手隨筆走之餘還能灌著一位建築師的耳音。是真正懂藝術又懂美的人，聽人家講土木線條在天地間的流動，歷史上曾經有過的各種高級的昂揚和舒展。也是會講述的人，建築在他心中的歷史要求和文學情感中不斷變換，就連荒城之外的一艘船的停泊都被點染得那般自然。看得出來還是有許多未說的話，歸根到底還是悵然。在這樣的夜裡得到一些舒展，竟然又到霜降了。

這幾天清早出去跑步，發現路邊的草木已經籠上了微霜。其實霜降節氣還要再過兩天，但霜卻不知不覺地早早降下來了。漢代張衡在《定情歌》裡唱：「繁霜降兮草木零，秋為期兮時已征」，霜降代表著秋到深處。而霜降一過，秋天就將要結束了。

《月令集》中說霜降：「九月中，氣肅而凝，露結為霜矣」，認為霜是由寒露凝結而成的。寒露是霜降前的一個時節，是秋天從涼爽轉向寒冷的過渡，「九月節，露氣寒冷，將凝結也。」從寒露到霜降是秋氣無聲變化給自然帶來的反映。細察之下你會發現，這三十天的物候現象非常有意思，從寒露的「鴻雁來賓，雀入大水為蛤，菊有黃華」，到霜降的「豺乃祭獸，草木黃落，蟄蟲咸俯」，動植物們真做出了挺大動作。這些動作將天地引向徹底的大寂靜，就像知道它們蹦躂了一年，到頭來也該沉睡了。而所謂「大火流兮草蟲鳴」，秋夜的天空上，象徵著夏之繁盛的大火星也會徹底沉下去。

還是說秋霜，這也是一個從古到今出鏡率頗高的意象，它在秋夜夜深時出現，到次日日出時消失。《釋名》中這樣解釋它：「霜者，喪也，其氣慘毒，物皆喪也。」

一下子把人們印象裡又白又晶瑩的這層膜描繪得很駭人。但這其實只是一個誤會，看似因霜而喪的植物們是喪命於出霜時節裡極冷的氣溫。不過，的確是因為只有秋季才有霜，所以霜色點染下的風景總帶有秋的蕭瑟。我特別喜歡溫庭筠的那句「雞聲茅店月，人跡板橋霜」。當時溫庭筠離開長安，途經驛館時過了一夜，第二天天不亮便繼續趕路。當時殘月當空，覆著薄霜的板橋上有人走過的腳印，淒清的橋霜上就映照出孤冷的月色。可能許多人的記憶中都曾有過這樣一段路，古代文人要讀書科考，要離鄉赴任，所以需要早早地離開家鄉去謀自己的前程，他們往往會在清晨出行，這樣才能在日暮降臨前到達預期的驛站。於是這句能勾起他們共鳴的詩句，就在羈旅行役的人們中代代流傳。

除了用來襯托羈旅途中的清苦之外，霜還被拿來形容一種清冷的氣氛，甚至一種冷落的氣質，像「飽經風霜」「冷若冰霜」之類的詞在今天也很常用。宋詞大家柳永常在自己的詞作裡寫這個意象，「漸霜風凄緊，關河冷落，殘照當樓」「鶩落霜洲，雁橫煙渚，分明畫出秋色」「沙汀宿雁破煙飛，溪橋殘月和霜白」……類似的霜味句子很多，這和他漂泊一生的經歷有關。不只柳永，其他詩人愛用這個意象的也不少。

畢竟快樂從來不會比傷懷更令人印象深刻。儘管詩人並非在暢快時就寫不出詩來，但總是在憂傷時沉積出的情感才更加容易得到同情與共鳴。霜本就生在容易引人感慨的秋，又只出現在輾轉難眠的人才能看到的夜，所以天然就帶有幾分寒意。再加上霜是白色，所以也常被用來比喻老人頭髮斑白，當人們看到「一夜清霜滿鏡中」的情境，驀然間就會有「歲月忽已晚」的感嘆。

霜降是立冬前最後一個節候，是秋與冬的臨界點，一片蒼茫間，卻還是有出一個非常明亮的物象，紅葉。眾人皆知杜牧那句大名鼎鼎的「霜葉紅於二月花」，詩中的「霜葉」指的就是赤紅似火的楓葉。這一紅一白的兩種事物給人的絕對是一暖一冷的印象，氣質截然不同的兩者之所以被聯繫在一起，是因為古人認為紅葉是被霜給染紅的。最清冷的事物，卻帶來最熱烈的色彩，這讓他們覺得奇妙。所以，他們在擔憂霜打農作物的同時，也會隱隱對霜染紅葉產生些微期待。只是像「迎霜紅葉早」「半林殘葉帶霜紅」「楓葉經霜紅更好」這樣的詩句，都只是浪漫的誤會。和霜降後死去的植物們並不是因霜而死一樣，霜降後漸紅的樹葉也不是因霜而紅，只是因為寒冷天氣下，樹葉裡的水分變少導致葉綠素隨之減少而花青素增多的緣故。

◆❋ 歸來看取明鏡前 ❋◆

那天在鏡子前足足站了一個小時。突然想起該更換秋衣，套好後便杵在鏡子前橫看豎看。一年年的心境總有變化，但鏡中影倒不像心情那麼無形，它照得很客觀，鏡中依然是同印象中沒什麼差別的樣子。「不知明鏡裡，何處得秋霜」，忽然在這一刻觸及一種似曾相識的心情，從曾經到現在，不知多少人在夏秋轉換之時，曾有過這樣的鏡前時刻。鏡子家家都有，或許，這樣的心情也就家家都有。

鏡子是為美而生的器物。除去梳妝打扮，剃髮修容這些必要的需求之外，從人類祖先最初想要看到自己的樣子時起，就預示著鏡子即將要出現了。但那時的條件必然不會太好，不太容易尋到能夠打磨映照自己的器物。但自然界中不乏天然的鏡子，「湖光秋月兩相和，潭面無風鏡未磨」，在鏡子產生前的漫長時間裡，人們常在平靜的水面上映照自己的樣子。即便後來銅鏡已相當普遍，但仍會有人去水邊臨花照水。明末馮小青就最愛做這件事，「瘦影自臨春水照，卿須憐我我憐卿」，顧影自憐，這本身就是件浪漫事，說到今天都是挺有美感的一個畫面。其實又何止人呢，自然界中的萬物，哪個不是生在這些天然水鏡的映照中？

但總是用水來映照不便於居家使用，於是，人們便開始發意留心。到了青銅器冶煉技術已頗為發達的殷商時期，人們在使用金屬器具的過程中漸漸發現，金屬本身就具有光澤，若再將其磨至一定亮度，便能用它照出影子來，於是，鏡子的雛形就這樣依著金屬而生。《說文解字》中說鏡子：「鏡也，從金竟聲。」鏡子是用來觀照影子的有光可照物的金屬器。因為是金屬，所以以「金」為偏旁。

既有了青銅鏡，便必然能繼續向前發展，先是形制和花紋，殷商西周時，人們首先注重它的功能性，因此多以正面為鏡、背面不加雕飾的素鏡為主，只在鏡背面嵌上一枚可擎的銅扣，好方便攜帶。但這種狀況必然不能維持太久，匠人們絲毫不吝在最小的一處細節上做盡美的功夫，不久後，銅鏡的背面就開始有花紋出現，隨著雕刻技術和冶煉技術的進步，鏡背紋飾的風格和工藝也在不斷進步，歷朝歷代都有非常精緻的產品出現。儘管只有小小一片空間，但用作各式各樣的畫面發揮還是夠了，鏡背紋飾的題材多樣：花卉、動物、人物、山水、建築、神話等，都可以被用在銅鏡的裝飾上。銅鏡的式樣也早不限於圓形，方形、菱形、花卉形及各種特殊的制式也開始出現，如今我們在博物館中，還可以看到各地出土的歷朝歷代的銅鏡，經過千百年，它們的精雕細琢依然會讓今天的人們浮想聯翩。

銅鏡的生命力在清代受到了削弱，玻璃鏡隨著傳教士湧入了中國。相比起能照得人纖毫畢現的玻璃鏡來說，銅鏡的劣勢無疑是明顯的。金屬能很好地映照出影子，卻難以還原更多的細節。再加上金屬鏡的鏡面需要經常打磨，耗費巨大，且成本高、重量重，光潔度和清晰度也不夠，因此很容易就被玻璃鏡所取代。但因為銅鏡畢竟流行了數千年，根深蒂固的審美習慣不易改變，因此，便產生了合成變異的狀況，近代以來，常能見到銅鏡體制和玻璃鏡面合而為一的合成品。今天玻璃鏡已經非常普及了，除了偶然在博物館中見到，現代人的家中已經很難找到銅鏡的蹤跡，一應都是清清楚楚一目了然的玻璃鏡。但纖毫畢現，就一定是一好百好嗎？也未必，我曾經在一些仿古的場合照過幾次銅鏡，印象中昏黃的鏡面映照出平時沒有的柔和輪廓，加上光澤沒那麼多，人臉上一些讓人煩心的小細節也隱去無蹤。微凸的鏡面柔和了線條，再加上鏡面折射出的銅黃色暖光，照得人比平時顯得要溫柔許多。「不信妾腸斷，歸來看取明鏡前」，這是種略帶模糊的柔光映照出的繾綣感覺。

鏡子因為太常用了，因此在古人眼裡心裡筆下，都必是常見之物。比如唐太宗李世民那經典的「三鏡」：「以銅為鏡，可以正衣冠；以古為鏡，可以知興替；以人為鏡，可以明得失。」此「三鏡」充滿了男性世界中的實用色彩，一點多餘的意味都沒有。而鏡子之於女性的最大存在感，或許從來不在正衣冠、知興替和明得失上，更多還是有一搭沒一搭的閒看吧。

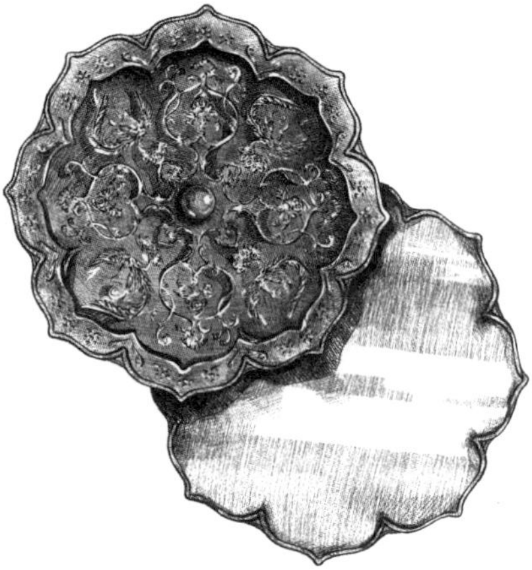

◆❈ 一蟹浮生 ❈◆

暮秋一到，城市的顏色就成熟了起來。葉子紅黃而將落，糧食金黃而待收，從春到秋，仿佛所有事物等的就是這麼個時節，好叫它們一個「至」的狀態。於是，一「道」世間至味，便也在這個時節成熟了。

這個世間至味就是「蟹」，從古到今，自中秋後過重陽到秋末，有幾戶人家的餐桌能繞過它去呢？反正我最近已就著它大快朵頤了好幾次，就算明明曉得這廝性寒，好吃但吃多了並不好，卻絲毫不影響食欲。清代大吃貨李漁曾在《閒情偶記》中標榜過自己於吃一途上的造詣：「予於飲食之美，無一物不能言之，且無一物不窮其想像，竭其幽渺而言之。」沒啥好吃的是他說不出的，沒啥滋味是他感受過卻不能描述的，這簡直是一個人對自己吃貨屬性和水準的最高讚譽了，而李漁也實在擔得起這個評價。但就是這麼一個人，卻單單對螃蟹，「心能嗜之，口能甘之，無論終身一日皆不能忘之，至其可嗜可甘與不可忘之故，則絕口不能形容之」。

李漁愛蟹愛絕了。他自己在集子裡寫，每年螃蟹還沒出的時候，就存好錢等著，還把這些買蟹錢稱作「買命錢」，以吃蟹為命，這是什麼精神？就這還不算，他還把每年蟹出的九月十月稱作「蟹秋」，把準備釀醉蟹的酒稱作「蟹釀」，準備好專門裝蟹的甕子叫作「蟹甕」，還從婢女中挑一個特別伶俐的專門管蟹，還把人家的名字改為「蟹奴」。李漁還鄭重地說：「予嗜此一生。」山盟海誓般的語氣，痴狂到這地步，不得不讓後世愛蟹人佩服，我等無論如何是到不了這境界的。

但蟹長得實在是醜呀！再愛蟹的人也得承認這個事實，就連李漁不得不說這東西「在我則為飲食中痴情，在彼則為天地間怪物矣」。老實說，蟹的長相是十足駭人的，魯迅先生就說，「第一個吃螃蟹的人是很可佩服的，不是勇士誰敢去吃它呢？」真是這樣，就算我這等不知道多少個無數後吃螃蟹的人，對著沒捆住的螃蟹也是慫得不敢下手。那誰又是第一個吃螃蟹的人呢？如今可以找到一些答案，但眾說紛紜，史說也總有附會。但人們吃螃蟹的歷史的確可以追溯到很久以前。東漢經學家鄭玄注《周禮》中的「薦羞之物」一詞時這麼說：「薦羞之物謂四時所膳食，若荊州之鮺魚，青州之蟹胥。」注中的蟹胥是歷史記載中古人最早的一種螃蟹吃法。《說文解字》中對「胥」的解釋就是「肉醬」，所謂蟹胥，就是蟹醬。

確定了這玩意雖然長得醜卻奇異的好吃，吃貨王國的人們就閒不住了，於是就開始放心大膽地研究各種吃法。後世的每個朝代都有特色蟹菜。比如魏晉後出現的糟蟹，又叫醉蟹，從出現開始一直流行到今天，依然是極受歡迎的蟹菜。詩仙李白吃糟蟹吃得浪漫，把蟹螯吃出「金液」，把糟丘看作「蓬萊」，寧願醉在其中流連不歸。而後到了南宋陸游這裡，糟蟹還能吃出些道道來，「舊交髯簿久相忘，公子相從獨味長。醉死糟丘終不悔，看來端的是無腸」。無腸公子指的就是蟹，因螃蟹殼裡空空而得名。

南宋林洪《山家清供》中還記載了一道當時流行的特色蟹菜，名叫「蟹釀橙」。名字裡就有三種主要的食材：螃蟹、糟酒和橙子。宋人文雅，做飯做得也精細。巴掌大的地方也能翻出別一片洞天來，這道菜是這麼做的：挑上個大橙子削頂去瓤後，稍留下一點橙汁，再將蟹肉填充於內，然後再用削下的頂蓋住，把橙子包著的蟹放到一個小器皿中，再倒入酒、醋、水、鹽等調味料蒸熟。菜成後「既香而鮮，使人有新酒菊花、香橙螃蟹之興」。宋人會吃會想，而且《山家清供》中記錄的這做法聽起來也不算難，哪天要用這個試試。後來還有個類似的，清初文學家朱彝尊《食憲鴻秘》也記載了個取螃蟹肉加調味料然後放在別的東西裡蒸的吃法，它們是放進竹筒裡蒸。花樣百變，增添的美味也各有不同，但其實，就像李漁說的，「蟹之鮮而肥，甘而膩，白似玉，而黃似金，已達色、香、味三者之至極，更無一物可以上之」。的確，螃蟹本身的味道加以清蒸，就已經足夠好吃了。

一道菜都值得這麼些人歷代來回地研究，足見對許多人來說，吃可真是日常頭一件大事，美食更是不少人重要的人生追求。當日晉朝張季鷹見初秋風起，思念家鄉吳中的蓴與鱸，忽然了悟「人生貴得適意爾，何能羈宦數千里以要名爵！」然後就借此辭官回家了。張翰好的是家鄉那一口江南菜，而宋朝人錢昆在外放為官之前，別人問他想去何處，他說道：「但得有蟹之處無監州則可。」後來「有蟹無監州」也成為一個重要典故，「監州」又叫通判，是宋朝時朝廷用來牽制知州的一個職位，誰做官想被別人牽制呢？所以希望無監州是大大的官之常情，而能與之匹配的，就是吃蟹了。

愛吃真不是什麼壞事，有吃貨屬性的人，總顯得比其他人有生活情趣。就像《世說新語》中說的，「一手持蟹螯，一手持酒杯，拍浮酒池中，便足了一生！」

❈銀杏千年❈

每年秋末都要進山看樹，今年沒去成。

但看到照片，古觀音禪寺裡的那株銀杏葉子已經落完了。這棵樹聲名大噪是這幾年的事。古觀音禪寺是古剎，自貞觀初年起就有規模，千年來雖經波折，到底香火不絕。這樣的寺廟在終南山中有很多，如今卻只它因樹成名。寺廟所在的村莊車能直接開到，未到山門就能看見它，等走入寺中，就連佛殿下的風簷雨鈴，也被它鋪天蓋地的秋色籠罩。古樹背靠著的秋山，如有父庇護，林下的根系又有千年古泉滋養，如有母潤澤，還有自植下那日起歷代山民僧侶的保護。人們還不滿足地為它添上傳說，稱它是當年李世民手植，這當然難辨真假，但它確實在這裡矗立了一千四百年。

聽附近的村民說，在這棵樹成名之前，一年一年，他們遠望它從青到碧再成金，和一天天的日升月落、一年年的春種秋收一樣平常。當時寺中僧侶還允許他們隨時去樹下，肆意與它親近，陪著寺中僧侶在樹下坐禪。「但誰沒事會專門去廟裡看樹呢？」一些村民至今仍不覺得這株吸引人們紛至沓來的樹究竟有什麼好看的。不過古樹已經被保護起來，遊人如今只能隔著距離，遠觀它在蒼山環抱下的熱烈與恣意，仰視它在千百個春秋輪轉中的博大與寬和。其實人們一波波地遠道而來，應該不只是為了看銀杏，或許他們更想看的是「千年」，還有比千年更長的恆定感。當地人對老樹的愛護得到了福報，如今一到銀杏季，不僅禪寺中香火旺盛，就連周邊的村子也連帶著熱鬧起來。

相比之下，輞川山谷中王維的那株銀杏就要沉寂得多了。很喜歡王維留下的輞川氛圍，所以每季閒時，常會驅車幾十公里，去往飛雲山下的輞川河岸。車從白家坪上去，穿過幾個隧道，一直能開到當年王維親手種下（我覺得是）的銀杏樹前。見過它的各種模樣，早春被千萬片小葉朦朧出的青霧，盛夏時俯身欲瀉的濃碧，隆冬時枝條安眠的蕭索和秋時全然舒展開的璀璨。這是被天地安養的生命。多少次來都會覺得遺憾，原本這株銀杏樹的所在之處，要比觀音禪寺更為幽靜，山水形態也更開闊。可惜如今老樹邊廢棄著的一排工廠廠房，結結實實地壓在當年王維的輞川別業故地之上。

當年王維將自己的別業舍為鹿苑寺，寺廟自毀於唐末的戰亂後，就再沒被復建起來。聽說在這些廠房建起之前，當年的遺物還大量被堆積在地表，但現在當然是什麼也不剩了。就連寺前的這株銀杏樹，也因修路被砍去右側大塊旁枝，削去了五百年的氣象。當時這裡的人們選擇了犧牲這塊地方這棵樹，自然也就享受不到古樹的恩澤。所以即便同為千年銀杏的黃葉季，這裡也是人跡罕至。草木有靈，或許它什麼都是知道的，它會記得一千多年前，詩人天天穿過庭院來給它澆水，記得詩人去後、鹿苑寺裡暮鼓晨鐘，它還知道寺院後來是如何傾毀，記得自己在這深山松林中獨守過的千年寂寞……它全部都收在眼中。「文杏裁為梁，香茅結為宇。不知棟裡雲，去作人間雨」，王維一千多年前在這裡寫下這首詩。〈輞川集〉裡的文杏館少有人來，而眼前的輞川，如今也是空空蕩蕩的。不過這樣最好，輞川山水，原就適合這種空蕩。

霜降後，老城牆下的銀杏新老，順城巷深處，開始默默凝聚出新的面貌。沿著古城牆的幾條街全黃了。古城中需要這樣的角落，每回看見，眼和心都同時被照亮。被銀杏一比，城中其他植物雖也色彩斑駁，但總覺得像被蒙了一層灰度，懨懨地等冬眠。這麼說似乎有些不公平，但此時的銀杏樹實在耀眼，積蓄了三季的力與美，都要等此時的釋放。尋常道路也被它染得興奮起來，以至於它在春的蔥蘢，夏的茂盛，通通都被遺忘。

你不由得就會駐足仰頭，看團團的扇形葉片被秋風凝在枝頭。一道道細紋隨著青黃的漸變從扇柄處蕩開，深秋的藍空給它打底子，一扇一扇就像被繡在水裙上的錦紋。起初是金碧雜糅，等到霜降後，顏色一天比一天純粹，色調一天比一天明亮。彷彿它們也經受著人世的輪換規則，起先青蔥懵懂，而後是濃碧圓熟，再經過歲月青黃交接的滌蕩和喜結白果的收穫，最終滄桑閱盡，復歸於一片純粹的金黃。

銀杏是古老的樹種，壽命又長，所以就連開花結果這種事，也被它太久的生命扯慢。銀杏樹從種下到結出果子，往往需要幾十年，所以它也有「公孫樹」之稱，「公種而孫得食」。由孫到公，成公得孫，代代輪回更替，你我皆是行人。只有這古老的銀杏，不斷為它的壽數加上零頭。你來之前，你走之後，它們一直都在。

玄冬

❈ 立冬，柿柿如意 ❈

立冬後，城中街道上的景觀柿子樹終於也掉光了葉子。之前一直盼著的，霜降後氣溫降得那麼厲害，遠郊鄉村比城中更冷，秋風早些就凋光了那邊的柿子樹，城中卻不見動靜，兀自葉果駁雜著。柿子樹既結了果，還是要落光了葉子才好看。北方農村的人家裡常種柿子樹，深秋時節，隔著老遠就望見道旁一條條禿幹上滿滿當當掛著柿果。春夏你似乎覺不出它們的存在，唯獨到了深秋初冬，老牆和黛瓦旁不時就探出這一樹明晃晃沒有雜色的紅，星星點點，漫不經心，但卻裝點出過年亮燈籠時才有的熱鬧。原本有俗話這麼說：「霜降不摘柿，硬柿變軟柿。」這是在提醒人們，霜降前後是柿子的成熟期，此時的柿子最美味宜人。但這些年家家戶戶的生活都好起來，柿子產量又多得吃不完，所以家門口的柿子，人們也就不急著打它下來，任它們在寒天裡的枝頭上繼續圓得喜慶、紅得招搖。

柿子挑人，不愛吃的嫌它甜膩得過分，不是蘋果香梨的那種香脆清甜，但愛吃的就情不自禁了，擱到常能看見的地方，一天都捨不得不吃。柿子品種很多，如果細分下來幾乎能數出幾百上千種，但一般人們只依據它成熟前能否自然脫澀，將其分為甜柿與澀柿。中國的柿子大多屬於澀柿，摘下後不能直接吃，而是需要先脫澀。小時候的柿子季，常見母親「溫柿子」來脫澀，將成熟的鮮柿子用溫水浸上一夜，原本還有些生硬的柿子就變得溫軟起來。拿捏過軟硬，挑出最軟的那個，先撕開它的薄皮，手上用點力輕輕一擠，唇齒再哧溜一吸，蜜一樣的汁水便連同鮮紅的果肉一起滑到口中，溫甜之意從唇邊一直滲到舌尖上。柿子的甜味和人沒有距離感，隔上許久再吃也還是那樣熟悉，但柿肉比起其他水果來卻像是有些脾氣，總不肯輕易地服帖，即便碎成了絲絲縷縷，也能叫你嘗出它的勁道。這是在一秋的風霜中釀出的韌，即便是「軟柿子」，那也不是好捏的。

霜降後的柿子最好，這個時節的柿子，個大色美、皮薄汁甜，這是它一年中最黃金的時光。小時候跟著母親去買菜，每年的這個時候，市場上到處可見一車車的紅柿。鮮紅得刺眼，仿佛這時節所有的豐美，都凝結在它們泛著暖光的薄皮之中。印象最深刻的是臨潼產的火晶柿子，小紅燈泡似的，一個疊一個地摞滿一竹筐。這是當地產的火晶柿子，外面看鮮紅似火，一剖開則瑩潤如晶，雖說是水果，但長得如珠如寶的，故而得名。這種柿子在古籍中有載：「朱柿出華山，似紅柿而圓小，皮薄可愛，味更甘珍。」是柿子中的珍品。近兩年好像沒再見到這種柿子，也沒有特意去找，或許超市裡也有，只是被擱在琳琅滿目的貨架上，再沒有記憶中那麼顯眼了。

時節的演替總為一切都安排好了因果緣由，應季食物，對當季的人體往往最為相宜。秋冬乾燥，人體需要水分潤澤，清朝《隨息居飲食譜》裡說：「鮮柿甘寒，養肺胃之陰，宜於火燥津枯之體。」甘甜清寒、潤肺生津，一個柿子下肚，十足的秋燥也去了七八分。吃完後柿蒂也無需扔掉，洗淨後儲存起來，偶爾反胃脹氣的時候取來煮水服用，有降逆順氣的功用。但吃柿子也有講究，柿子性甘寒，每天吃上一兩個足夠滋補，再多吃於身體無益。空腹或吃過海鮮，也不宜吃柿子。此外，儘管柿子的果實果蒂都於人體有益，但柿皮卻是吃不得的，否則當中的鞣酸進入人體，會引發疾病。這些細緻入微的損益，也不知前人要如何精心才能發現的。

於是立冬前，人們會將多餘的柿子做成柿餅。柿餅是著名的傳統小吃，甘甜綿軟，筋道耐嚼，比起鮮柿子來更是別有一番風味。凡是柿子的產地應該都有柿餅，但以火晶柿子為原料，又摻雜了黃桂、核桃等輔料做成的黃桂柿子餅，最為聞名遐邇。因為做柿餅需要日曬，熟透的柿子因不斷吸入陽光的緣故，當中的寒性漸漸消弭，因此柿餅比起柿子來要溫和許多。雖不再像掛在枝頭柿子那般豐盈，但扁扁的柿餅們層層疊疊地摞在一起，看著也很討喜。北方的農家還喜歡將它們串在一起晾曬，紅彤彤的一串串在風中晃動，將灰白的秋冬劃開一道道縫隙。除了美味可口，柿餅也有很好的藥性，不僅能如鮮柿潤肺生津，還有健胃補脾、止瀉止血的良效。我還很喜歡吃柿餅上的那層白霜，抿在嘴裡，有金風玉露的清冷甜味。那是柿子在乾燥過程中析出的葡萄糖和果糖凝結而成的，這為它帶來了些許滄桑的意味，讓它像經歷了世事、卻對過往的風霜渾不在意的老人。

因為有著「柿柿（事事）如意」的吉祥意蘊，即便在城中更多只是作為景觀樹，人們每每看到也會愉悅起來。那天和先生路經一株柿子樹，先生突然仰著頭停下了腳步。「怎麼了？」我也停在那株柿子前。「想起老家那棵了，這些年人都陸續出來，也不知道它還在不在。如果在，比這要高得多了。」他比畫了一下，望向枝頭的神情有些悠遠，顯然是陷入關於童年和故鄉的某些回憶中。我隨著他的視線看過去，時節匆匆，霜降轉眼過去。冬天到了，柿子樹的葉子也落盡了，但此時枝頭還餘有紅彤彤的一片柿果，星星點點，真是好看。

◆❊寒水靜❊◆

小雪節後回了趟老家，一座清秀的山水小城。漢水穿城而過，在城邊打了個彎後，又蜿蜒東去。從小就養成的習慣，在家幾天，有時間就會去河邊晃蕩。有時河東，有時河西，有時橋下，有時灣曲，有時跑遠些直到壩上……入冬後的江水邊雖然不如春夏秋裡的顏色熱鬧，風雲煙霧也不像雨季時的多變，但好在江寒水靜，人聲稀少，最得空曠之情。

很喜歡水，也喜歡看水，不論江河湖海、池澗澤泉，每一種都喜歡，也各有各的好看。水在四時中一直變化。「春水碧於天，畫船聽雨眠」，春水溫潤；「泉眼無聲惜細流，樹陰照水愛晴柔」，夏水幽謐；「秋水時至，百川灌河」「落霞與孤鶩齊飛，秋水共長天一色」，秋水明淨。而到了冬天，天地間萬物沉寂，目之所及的一切節奏都慢下去，人走在河岸邊，再不會因亂花迷眼，蕭蕭落木的沙沙聲也弱下去，忙碌了許久的視覺、聽覺與嗅覺得到暫時的停歇，你終於可以專注地去凝視河水流逝。你沒留神時天上就下雪了，不知道從哪裡飛來的幽涼雪片，在河上飛了一圈，還是不得不沉入冰涼的冬河。但卻有味道留下，雪花與河水混合出的乾淨蒼茫，這是只屬於冬天的氣息，和其他任何時候都不相同，偶爾聞見，只覺得心滿意足。

小時候讀《詩經．采薇》，當中有這麼兩句：「昔我往矣，楊柳依依。今我來思，雨雪霏霏」，這個場景應該就發生在冬河之畔。為什麼呢？只因此處春時有依依楊柳。詩裡的楊柳邊，總要有水才合適。但楊柳在冬天卻嫵媚不起來，冬天的河水氣質孤清，藍天、碧樹、紅花與黃葉的斑斕映不進去，只有霧雪朦朧的淒迷和寒煙衰草的冷寂，被一併封入這冰涼的微瀾中。對著這冬日的微瀾，有些人只能遠遠旁觀，比如我，而有些人卻能將它打破，比如河中冬泳的人。

小雪節後，氣溫和水溫雖低過了攝氏十七度的臨界點，但也還不算太冷，天晴時陽光也還充足，是適合冬泳的時候。冬泳絕不是大多數人能夠駕馭的運動，寒天冷河，聽起來就讓人瑟縮。但戶外游泳的確是很好，江河中天然的各種礦物元素、戶外新鮮空氣裡的負氧離子還有日光中的紫外線，全都能通過這項運動滋養人體。比起普通游泳，冬泳又添了一層冷水浴的好處，當泳者全身受到冷水刺激後，周身血管會急劇收縮，將血液吸入內臟器官之中，擴大肺腑等處的血管。而人體為了抵禦嚴寒，又會自然地擴張皮下血管維持體溫，使得血液又流回體表。這樣一來，血管就能得到充分的鍛煉，不僅極大增強了血管的彈性，也給人的心肺、腸胃、皮膚等處帶來不少益處。此外，當人身處冷水之中，為了抵抗寒冷，身體還會自動分泌出令人振奮的激素，人心中的意志也會被調動出來，潛移默化中變得更加堅毅、樂觀。不過，冬泳好處雖多，卻並非是人人皆宜的運動，即便有再高超的游泳技術，下水之前，也需量力而行。而小雪一過，就到了天寒雪盛的大雪時節，氣溫驟降，河水的冷度就不再適合大多數人去挑戰了。

我從來沒有去挑戰冬泳的勇氣，掂量過自己的身體，再想想冬天河水觸膚的刺冷，怎麼也不願讓自己浸進去，只有敬而遠之。但冬天裡，也有我渴望靠近的天然水，不光渴望靠近，想起來就覺得溫暖，一旦跳入，頃刻就能舒展四肢百骸的。這樣說就很好猜出了，沒錯，正是溫泉。秦嶺山脈連綿，溫泉眾多，其中以驪山之下華清宮一帶最是有名。當年楊貴妃「賜浴華清池」的舊事，就發生在此處。加上附近還有秦始皇兵馬俑等著名景點，什麼時候這都遊人絡繹。平時當地人是想不到要去湊那個熱鬧的，但一入冬，尤其在一場有存在感的雪後，去驪山泡溫泉的人就明顯多了起來。

《博物志》中提到過：「凡水源有硫黃，其泉則溫。」不只硫黃，像朱砂、礬石之類的礦物，都是溫泉形成的成因。溫泉好處眾多，許多保健功用與之前冬泳所提到的重合，還比之更加溫暖舒適。如果沒有條件或意願去冷水中鍾煉意志，不妨選擇用這種溫和的方式來展展筋骨，祛祛體內的寒氣，消除一身的疲勞。驪山下千米處有斷層，溫泉水正從中溢出，常年攝氏四十三度的泉水淌了幾百萬年，至今仍不絕，被贊為「天下第一溫泉」。因這溫泉的緣故，周秦漢唐歷代君王都曾在此營建宮室，以便冬日巡幸。唐玄宗就常在每年小雪前後，帶著楊貴妃來此泡湯避寒，直到次年春暖才返回長安。

如今，人們雖享受不上帝王的離宮別館，但附近的酒店園林也泉出同源，甚至山底的農家小院也是好的。泡溫泉一定要在戶外，在露天的池子裡，將身子沉入這溫暖的冬水中，只把頭和手留在外頭。北風裹挾著紛紛細雪，穿過眼前的霧氣蒸騰就不見了痕跡，人在湯池之中，望著近處沉寂蒼然的冬山上未枯盡的枝幹和沒落光的柿果，突然意識到冬天竟過去這麼久了。有時雖不下雪，但因天色灰濛，傳說中「入暮晴霞紅一片，尚疑烽火自西來」的驪山晚照也是不容易看見的。好在有時還是能見到殘陽，血點一樣，順著山脊滑下去。「寒藤老樹，蒙絡搖綴，而漢唐之離宮別館咸在焉，斯則華清之奇觀。」一直覺得驪山最好的時節就在冬日。千年風致和人聲鼎沸都淡下去，才凸顯出山行與溫泉依舊。

❊天欲雪，能飲一杯無？❊

千年前的某一個冬夜，白居易取出一壇新釀的還沒來得及過濾的米酒。眼看窗外暮色蒼茫，大雪將至，他突然思念起自己的好友劉十九，於是便捎信給他：「綠蟻新醅酒，紅泥小火爐。晚來天欲雪，能飲一杯無？」白大詩人實在會勾人，這反差也做得太好：外面天寒地凍，風雪逼近，我家有酒新釀，有火初生，有人靜候。想都不用想，劉十九收到信，肯定忙不迭地起身，趕著做「風雪夜來人」。而這二十字勾勒出這雋永有情味的一幕，也讓千載之下，酒與雪天有了種天然的契合感。既然天欲雪，來喝一杯吧！

我不喝酒，但平時親朋歡聚，偶爾也會小酌助興，醉上一場，將身體短暫地放空，再不理寒暑切肌、利欲感情。如今趕上這霜天雪夜，更該喝杯酒來暖暖身子。咽一杯酒下去，一團火從喉頭一直竄到腹中，這是酒性大熱的緣故。「大寒凝海，惟酒不冰」，可見這股子烈性的厲害。白居易在雪夜邀人來家喝酒，就是知道酒有讓這霜天雪夜，變寒為溫的效用。「雪花酒上滅，頓覺夜寒無」，見一百次也覺得神奇。《本草綱目》中也曾專門指出，酒能「和血行氣，壯神禦寒」，有節制地喝，是有益於身體健康的。酒還為這個時節帶來了特別的儀式感，屋外風急、雪密、路遠、心迷，家中卻有酒、有人、有光、有熱，這不是談奮鬥思進取的時候，而是你「莫思身外無窮事，且盡生前有限杯」的時候，一年來身裡身外所有的承受與不堪承受，此時再記不真切了。雪天裡的三杯兩盞酒，不只是酒，也是神思離離、暖意融融與溫情脈脈。

人們在酒裡浸潤的時間太久，甲骨文中就已經有了三種酒的名稱，第一種就叫「酒」，指的是「旨酒」，《詩經》中「我有旨酒，以燕樂嘉賓之心」的美酒；第二種叫「醴」，指的是甜酒；還有一種「鬯（音暢）」，是一種用香草與黑黍釀成的酒，味道香濃。而關於酒的發明者，最常聽到的有「儀狄造酒」與「杜康造酒」兩種說法，後來陶淵明等人總結了這些說法，認為酒是儀狄所造，後來又經過了杜康的加工，味道才變得完美。所以雖然儀狄作為造酒者的說法更有淵源，但杜康的影響卻更大，後來甚至成為酒的代名詞。

當然，酒的誕生絕對不是憑幾人之力就能完成的，遠古到底是什麼情況我們如今也不得而知。但顯而易見的是，酒自出現起，就以其濃郁香醇的氣味和飲後飄忽忘塵的奇妙感覺而受人喜愛，「慨當以慷，憂思難忘。何以解憂？唯有杜康」。文士們更是將酒視作驅憂遣愁的唯一良藥。最具大名的當屬李白，總感覺他一生都是在醉著，少有清醒的時候。「天子呼來不上船，自稱臣是酒中仙」，酒順應了他恣情狂傲的個性，給了他不顧一切天馬行空的自由。「天若不愛酒，酒星不在天。地若不愛酒，地應無酒泉。天地既愛酒，愛酒不愧天。」他言之鑿鑿，愛喝酒，天經地義的事嘛。

酒剛被發明出來時，還曾一度遭禁。周公、曹操都曾下令限制百姓隨意飲酒。但人們的味蕾一旦打開，想再讓它回去，就不那麼容易了。反正酒最後是沒禁成，到了晉代，嗜酒甚至成為一朝之風。當時所謂名士，「不必須奇才，但使常得無事，痛飲酒，熟讀《離騷》，便可稱名士。」如今我們熟悉的竹林七賢，人人都以善飲著稱當時。還有「造飲輒盡，期在必醉」的陶淵明，家貧沒錢買酒，偶有白衣送酒，喝到將醉就揮手趕人走，「我醉欲眠卿且去」，瀟灑得很，也不想著萬一把人得罪了後頭人家還給他送不。

今人也愛酒，比之古人來毫不遜色。親近的人中，我爸就尤其愛酒。他平生最遺憾之事，就是我沒給他找個如他一般嗜酒如命的女婿。印象裡我媽對他這個嗜好意見極大，但我讀過古人為酒的瘋狂，對他多少還是能多些理解。但今天的酒和古代的酒卻並不相同，古代的酒是由糧食作酒麴釀造而成的，屬於低度的發酵酒，而如今的酒多是由提純蒸餾而成的，濃度提升了幾倍不止。就算是武松，如今也不太可能再三碗還過岡了。於是也常勸著我爸，少喝點是有益於氣血，但不能痛飲，就是古代那種低度酒，喝多了也難免「傷神耗血，損胃亡精，生痰動火，發怒助欲，生濕熱諸病」，何況如今。還不忘給他講各種例子，比如相傳當年李白就是因為飲酒過度得了「腐脅（因飲酒過度而胸部潰爛）」之疾而死的。他雖然聽得不耐煩，但好在自己也算節制，頻率雖高，量卻不多，家人也略微放心。

老爸還有獨屬於他的一份私藏，被他小心翼翼地擺在酒櫃正中央，很偶爾才會取出來倒一杯喝。這是老家的親人親自做的酒麴釀成的，不名貴，對他來說卻很珍貴。酒麴號稱「酒母」，舊時釀酒，除了要有上好的黍米，還需要好的酒麴，才能釀出好酒來。麥麴、香泉麴、香桂麴、杏仁麴、白醪麴、蓮子麴……凝結的是各色糧品的精華。造麴程序多樣，以最常見的麥麴為例，每份用小麥一石，磨成白麵六十斤，用活水和麵攪拌，過程中再加上白朮、木香、瓜蒂等藥材粉末，然後用裝著水的湯盆浸泡。再將泡好的汁液平分均勻拌在麵中，然後再經過複雜的發酵、晾曬、通風的程序，麴料這才算做好了。這還只是造麴，前後還要經過臥漿、淘米、煎漿、合酵、上槽、收酒、煮酒等工序，才能真正釀出一甕麥酒。釀酒的水也重要，自古名酒皆出自山川清秀、水質絕好之處，比如岷江水之於五糧液，貴州赤河水之於茅臺，鑑湖水之於紹興黃酒。父親老家沒有河流，釀酒取的卻是黃河流域的地下水，這種水穿過厚實的黃土層自井中汲來，甘冽清甜。老酒不像工廠批量加工出來的那樣清澄，倒在杯子裡還有點白居易詩裡的渾濁，但卻有一種非制式化的特別的香。老爸每次都捨不得一飲而盡，而是就著杯沿小口小口地嘬，神情陶醉。

快雪時晴，佳

快雪時晴，佳。

給一個老朋友發訊息：「小雪時節，長安大雪，思南山，倒床無眠。幸有微信不用寫帖。」其實是字沒練好絕不能讓她笑我。

沒幾分鐘她回：「已經小雪了嗎？我都不知道，日子已經過不出時令了。」

「快雪時晴，佳。想安善。未果為結，力不次。王羲之頓首。」約一千七百年前的東晉，一場快雪過後，天色忽晴，書聖王羲之看著雪霽後明亮的景致，心情愉悅，於是想起來他的好友山陰張侯，就寫了這張〈快雪時晴帖〉聊表問候。寥寥二十個字，並沒有說清楚是什麼事，但卻讓我們後人知道了千百年前有那麼一場雪後初霽，其時景色甚「佳」，讓書聖看了很高興，還想到了許多從前的事。

小雪那天，跟應景似的，也下了一場雪，只是不是快雪，而是紛紛揚揚地飄了一整天。小雪是二十四節氣中的第二十個，到小雪時，一年就快結束了。《月令集》中說：「小雪，十月中，雨下而為寒氣所薄，故凝而為雪。小者，未盛之辭。」在漫長的時間裡，古人們一直認為，風霜雨雪是天地之氣作用於天的結果，「陽氣散而為雨露，雨露結而為霜雪」，而霜與雪之間也有差別，霜是天地的清涼氣，雪是天地的嚴寒氣。小雪這天之所以會下雪，是因為從這日起，大地就要開始真正嚴寒起來，但是還不是很冷，所以雪也不會非常大。

雪很奇妙，無香無色，卻因在萬物沉寂的冬天，所以奇異地反而很有存在感。尤其是在百無聊賴的冬夜裡，若是來一場雪，便能給人們帶來好些韻致。除了「忽如一夜春風來，千樹萬樹梨花開」的驚豔，「柴門聞犬吠，風雪夜歸人」的歡喜，還有「江國，正寂寂，嘆寄與路遙，夜雪初積」的悵然懷想。《世說新語》中就記載了王羲之的第五個兒子王徽之某個雪夜酒後的一樁逸事。和他爹所見的快雪時晴的景致不同，這是一場夜雪，或許這樣的夜晚總沒法睡得太沉吧。因為窗外總有聲兒，白居易不就「夜深聞雪重，時聞折竹聲」麼。總之王徽之醒了，然後就命人取酒來。酒後望著庭院裡皎然的雪色，悵然之餘，和他的父親王羲之一樣，也突然想起自己的好朋友。只是比起他父親，王徽之是一個有些任性的行動派，他思念的朋友叫戴安道，當時在剡州，於是這廝二話不說，即刻乘著夜船去找他，花了整整一夜終於到了戴安道的門前。人們以為這麼一番折騰起碼是要待上一天和朋友圍爐夜話一下吧，結果，到了門前，王徽之居然打道回去了，別人問他什麼緣故，王徽之答：「乘興而行，興盡而返，何必見戴？」一派任誕的雪夜獨行訪友圖，在我看來，這就和圍爐煮酒一樣，只和大雪紛揚的時候相襯，而等到天亮酒醒雪化，也就該是興盡而返的時候了。也瞎想過，如果王羲之當時看的那場雪並沒有那麼快，而是一場慢雪，給了他長些再長些的思索氛圍，那麼他心裡想著的事，是否就有果有結了呢？

雪總會給自己搭伴兒。有時就著酒，有時就著梅花，有時就著別的什麼，總之成全了別人，也把無香無色的自己也弄得有香有色起來。尤其是白雪紅梅，簡直到今天都是標配。蘇軾說梅花「故作小紅桃杏色，尚餘孤瘦雪霜姿」，就是梅花在冰雪世界的醒目。小雪節後，虹藏不見，天氣上升，閉塞成冬，黯淡的天地裡還生了這一紅一白兩抹亮色，肯定讓見著的人驚喜呀！我一直對《紅樓夢》中「琉璃世界白雪紅梅」一回印象尤深，裡頭妙玉的櫳翠庵門前，那十數株紅梅像胭脂一般，映著雪色，分外顯得精神，大觀園裡的眾人遠遠看著，大都發了好一通詩興，也讓大觀園外的讀者們看後就忘不掉。只是，美雖美矣，卻又有人跑出來嚴肅地評點說：「雪助花妍，雪凍而花亦凍，令人去之不可，留之不可，是有功者雪，有過者亦雪也。」雪，充其量算個功過參半！話雖煞風景，但事實的確如此，紅梅映雪好看，但真正耐寒的其實是蠟梅而非梅花。梅花產自江南，其實更適應溫暖濕潤的氣候，凌寒盛開在人們眼中是人間奇景，但對於它們卻是一場浩劫。雪時看著精神，但雪後就會元氣大傷。

但雪還是美啊，於是古往今來的人都喜歡。和現代人只能在雪地裡傻凍著比，精緻文雅的北宋人就會享受得多。北宋沈括在《夢溪忘懷錄》中，記載了北宋人看雪的一種方法。在大雪來臨之前，人們會製作一種叫「觀雪庵」的移動亭子，「庵長九尺，闊八尺，高六尺。以輕木為格，紙糊之，三面，如枕屏風。上以一格覆之。面前施夾幔。中間可容小坐床四具，不妨設火及炊具。隨處移行。背風展之，迴地即就雪中卓之。比之氈帳，輕而門闊，不礙瞻眺」。這等於就是一間可移動的屋子，又輕便又能拆卸組裝。遮蔽風雪的同時，卻又不妨礙欣賞風景，有了這個屋子，再冷的天，人們也能在美景裡把酒言歡了。

十年前還在讀大學，那時剛和丈夫戀愛，兩人寒假捨不得那麼快分開，就一起在西安各處亂晃。那時候就是一無所有的兩個窮學生，心輕飄飄的，尤其當時這座城還不是家，還另有一份旅行者的新鮮快樂。於是數九寒天，芙蓉園中空無一人，連湖水都凍住，兩個人還是開開心心地一起去看雪。可惜後來畢業回來，兩個人工作創業成家生女兒，生活驅趕得人匆匆忙忙的，再沒有一起在冬天出過遠門。

那我也要看雪。遠的不行，就在身邊看看。去輞川山谷，去終南深處，去灃峪淨業寺，還有前兩天，去藍田白鹿原。看雪不比看花，所去之處多少還是有危險的，丈夫嘴上嫌棄，但再忙也都會陪著。

如果把夫妻間的這點溫馨寫入小說，我可能會矯情地寫下這些文字：「冬末初春，雪山在最早開放的山桃林中消融的時候，他都會陪妻子去看雪。」文字和圖片釋放最大的浪漫，回頭想起，只覺得甜蜜滿足又不好意思，因為丈夫是個務實的人，他自己絕不會去做這些事。但是他卻說有時也覺得挺有趣的，言辭誠懇，看著不像是安慰。

十年，這麼長的時間。多少新舊交替，別說人事，就連舊照片裡雪景所在之地，也早不是當時的模樣了。但三十歲和二十歲畢竟不同，當年希望得到的，通過辛苦的建設都在一一搭建，過了那短暫的興奮期，也不過就是這樣。而曾經緊緊抓住的那些也在慢慢流逝，以為會發生的迷茫慌亂卻沒有發生，就順著生命的軌跡，享受春種秋收的坦然。我也不願意回二十歲，如今這樣就很好。年少時所有的期許和懼怕，哪怕再濃烈，後來真遇到了，其實也就是平鋪在生活的各種滋味中。很久後回想，甚至都不及回想起這些雪景的感動，原來這些年，先生竟陪我看過這麼多場雪。

雖然就算一個人我也還是會去看雪的，但有他陪著，將來可以一起說道回憶，到底還是更好些。

歲寒雪後，終南深處的松柏竹

小寒後又下了一場大雪，雪霽之後，站在高樓上往城南望，很短的一瞬間，瞥見了終南山蒼色的一角。突然想起南山草木，此時不知是怎樣一幅景象。實在按捺不住心中的嚮往，索性偕友再進終南。極致天氣後的山河呈現出極致的美，置身其中，你只化作滄海中的一粟，再想不出多餘的語言。幽靜的山道被雪壓住，林中木葉早已凋盡，宿雪一道道積在枝杈上面。天地像被這深冬的一場大雪收去了其他顏色，只留下枝幹寫意的黑與積雪純粹的白。群山無聲綿亙，目所能及處，蒼青色的遠山似與天接。三面佛佇立於山心，在這沒有紛雜的畫面中，愈發顯得寶相莊嚴。這幅黑白水墨，直至淨業寺的山門前才被劃開一道縫隙。一株濃碧的老松瀟瀟然立在山崖邊，簇簇松針被山雪所洗，又映著背後的遠山，顯現出平日看不到的沉鬱與蒼翠。我們在山道邊駐足，千年的古寺在它身後，一川的終南雪在它面前。它傾垂著身子，像是在聽群山的傾訴，又像在旁觀四季的輪回。常進終南山，淨業寺也來了好幾次，卻是第一次注意到這松樹，或許正是因為這時節。古人曾道：「歲寒，然後知松柏之後凋也」，果真是這樣。

松樹是氣質沉靜的樹木，單看「松」的字形，「十八公」，也能感受到這德高望重的氣派。松樹也被稱為「百木之長」，古人言「蒼松古柏，美其老也」，青蔥爛漫不與它相配，須得是這飽經風霜的沉穩，才相得益彰。而眼前這株松樹，咬定青山，根系扎實，它四時不改的枝葉，此時披上了終南的白雪，更染風霜意味。它像是不在乎人們從哪裡來，只扎根在此處，看著山河依舊，絲毫不知道繁華在山外如何更迭。

松樹終歲濃碧，處變不驚，人若立於松下，氣質也會變得清澈起來。《世說新語》中寫嵇康，說其人「爽朗清舉」「肅肅如松下風，高而徐引」，氣質清冷嚴正得如同松樹間沙沙作響的風聲，高遠而悠長。如果你親耳在山中聽過風過松樹的聲音，就能明瞭此言中的讚譽。風過林中，萬木皆動。葉子碩大的，其聲阻塞；枝葉枯槁的，其聲悲愴；葉子柔軟無力的，其聲沉悶不揚。而萬木之中，所宜風者莫如松。清人張潮曾道：「山中聽松風聲，水際聽欸乃聲，方不虛此生。」覺得它是世間最美的聲音之一。這與松樹的形態關係密切，松樹「幹挺而枝樛，葉細而條長，離奇而高聳，瀟灑而扶疏，蓬鬆而玲瓏」，這樣的形態，使風能夠直接沖刷而過，不會受阻滯塞，於是才使得松風聲酣暢，快如飛沙走石，輕似草蟲切切，若大若小，忽遠忽近，恍如世外之聲。

北宋王安石《字說》中說：「松柏為百木之長，松猶公也，柏猶伯也。故松從公，柏從白。」於是在雪中，孤清的松樹就不會寂寞了。在距老松不遠處，沿階而上不久，就能看到寺中一株老柏高大的樹冠，而它探出圍牆的部分，已因雪白頭。和松的鋒利比起來，柏樹的外表很平淡，但這種其貌不揚，卻讓人覺得安全而寬厚。柏樹似乎比松樹更加常見，公園、社區或是街道旁的花壇裡，只要你想，哪裡就都能尋到它們的影子。但即便占據再醒目的位置，它也只是終年沉默地綠著，不被人留意察覺。唯一的變化，可能就只是不間斷地冒出些玲瓏可愛的淺青色小果，被淘氣的孩童握在手中把玩。印象中，柏樹尤其常見於陵壇寺觀等肅穆之地，人們取其「長壽常青、芳香不朽」之意，為這些寂靜之地渲染上恆久的時空感。於是它便成了一種氣質很嚴肅的樹，這個時節，淨業寺庭中眾木沉睡，只有它，與眼前雪後的深山古寺相得。古柏下有株蠟梅，正是將開未開的時候，古柏後的大殿中佛光悠悠。有風穿堂而過，柏葉上的雪便隨之紛揚而下，竟像是又一場新雪。時節竟在草木中留存下這麼濃的古意，「後來富貴已零落，歲寒松柏猶依然」，是繁華落盡、返璞歸真的味道。

歲寒時節的還有一抹綠是不會被忽略的，它在「歲寒三友」中與松並綠，蘇東坡曾言不可不與之居。不錯，此木正是竹。寧可食無肉，不可居無竹，無肉使人瘦，無竹使人俗。塵中居都如此，何況世外的山寺之中。一入山腳下的山門，道上不時就有一叢叢竹子出現。比起松柏的沉鬱，竹子的綠要顯得明快些，並且也沒有松柏那樣恆定的濃碧，它還染了些來自秋意的黃，這反倒讓它顯得明麗。有幾種植物，已在古典文化中浸潤了太久，人一看到它，欣賞其形還在其次，後面的象徵與氛圍倒先冒出來。竹子就是這類植物中首當其衝的一批，自古文人畫者引它入詩入畫，有它在的地方，自然就會有種淡化時空的古意。此時老僧在竹邊掃雪，籬下有竹筍冒尖，你走在林間，忽聽「啪嗒」一聲，原是沉雪折竹，一進寺門，一眼便望見一叢竹子靜立在「律宗祖庭」的碑石旁。一切都像是準備好的。於是，自然而然地就和王維的那句詩遇上：「隔牖風驚竹，開門雪滿山」。那一刻我突然發現，過去與現在的終南山，過去與現在的四時，其實沒有變化。你自囿於城市中周而復始的一切，但在山中，天地間自始至終就具有的一切，依然在安靜而有序地繼續發生著。

歲寒雪後，終南山裡的松柏竹，使我的又一個歲時的儀式感至此完成，於是這個冬天再沒有什麼遺憾。

✻冬至，晝與夜的辯證法✻

在渭南開會一周，冬至就過了。冬天的秦中蕭瑟得很，沒想著去渭水邊走走，不知道河床是不是已經乾涸，也不知道往返沿途所見的是不是華嶽。路上怕無聊帶了本書，很能想，很會寫，風評很好角度也獨特，但我不喜歡，我無感於讀來無情的文字。像面對一個很聰明的外鄉人，你知道他或許高明也或許正確，但就是親切不起來。

會後去參觀一個紀念地。大巴車把人載到秦中最常見的那種山中，一群人爬了挺高的一個坡，在大門前有兩棵老松，遮天蔽日。我站在下面看碑石，知道在烈士埋骨之前，這裡曾是個修行之所。北方冬日，樹木線條疏朗乾淨，我在心裡虛擬著練線條，身邊有婦女在庭院中醃漿水菜。離開前在停車場的標誌牌上看見三處地名：澗峪、雲寂寺、蘊空禪院。意外之喜，附近竟曾有過這樣的地方，看名字又幽靜又讓人喜悅。

既來到渭水邊上，還是很土地想起賈島那句著名的「西風吹渭水，落葉滿長安」。這氛圍許多人都有共鳴，常被拿來各種引用。但它並不附著在山川建築上，只有當你身處某個情境中時，才會有那種虛幻、落寞又牽念的感覺。而這氛圍，因為掛念父母女兒，擔心丈夫，還有牽心小書房裡沒做完的那幾樁事，在這個一年中最長的夜裡，被我得到了。

冬至這天，「一陰下藏，一陽上舒」，雖然冬寒尚深，但是被壓抑了數月的陽氣卻在這時悄悄甦醒過來。氣息帶來微妙的變化，加上舊年馬上過去，新的春天馬上要來。

古人用日晷儀下日影的長短來計算時間，「冬至、夏至，陰陽晷景長短之極，微氣之所生也」。夏至時日影最短，冬至時日影最長，於是兩者都是二十四節氣中最早被確定下來的。至是極的意思，冬至，就是「終藏之氣，至此而極也」。

《月令集解》裡寫到的冬至三候是：「一候蚯蚓結；二候麋角解；三候水泉動」。人們發現，蚯蚓能最早體察天地之間的陽氣，在極寒的時候會像繩索一樣和同伴交纏在一起，但卻會在冬至這天「回首向上」，呈現出「屈曲而結」的樣子。和夏至時的「鹿角解」相應，冬至時，「形如大澤」、性陰的「麋」頭上的角也開始脫落。這些是地上的異動，而在不為人知的地下，泉水也開始湧動起來。

冬至有一年當中最長的黑夜。人們很久以前就明白了「盛極而衰，物極必反」

的道理，越是在看似極端處，就越能扭轉出相反的意味來。「冬至，則陰陽離合之道行焉。」冬至是古人休養生息的時節，漢代將冬至定作「冬節」，在這個日子，朝廷放假，百業休停。《後漢書》中說：「冬至前後，君子安身靜體，百官絕事，不聽政，擇吉辰而後省事。絕事之日，夜漏未盡五刻，京都百官皆衣絳，至立春。諸王時變服，執事者先後其時皆一日。」和如今人們在節假日中的種種閒適不同，古代的冬至節有種莊嚴肅穆的意味。「以冬日至，致天神人鬼」，人們停下手中的工作，安身靜體，以很強的儀式感來度過這個特殊的日子。古時的重要儀式必定有樂，冬至這天，朝廷還會遣「八能之士」，「或吹黃鍾之律間竽；或撞黃鍾之鍾；或度晷景，權水輕重，水一升，冬重十三兩；或擊黃鍾之磬；或鼓黃鍾之瑟；或擊黃鍾之鼓」。

作為一年中最有辨識度的日子，冬至繼續發展演化，到了唐宋時，就已和新年「歲首」並稱為古時最隆重的時節。隋煬帝楊廣曾作詩，寫冬至這一天宮廷裡「纓佩既濟濟，鐘鼓何鍠鍠」，儀典熱鬧。到了宋朝，「十一月冬至。京師最重此節，雖至貧者，一年之間，積累假借，至此日更易新衣，備辦飲食，享祀先祖。官放關撲，慶祝往來，一如年節」。更換新衣，闔家飲食，祭祀先祖，儼然一副「小年」氣象了。

這種儀式沒有流傳到今天，但是人們每逢冬至吃頓餃子的儀式感卻保存了下來。「元旦子時，盛饌同離，如食扁食，名角子（餃子），取其更歲交子之義。」更歲交子，有著辭舊迎新的吉祥意蘊。

冬深到極致，天氣依然一天冷似一天，頭頂的霾也還是沉沉的。但若參透了「至」的禪意，即便在不好的境遇裡，也能為自己尋找到希望。就像冬至後，最長的夜過去，此後白晝就會一天天地長起來。

✻ 亭前垂柳珍重待春風 ✻

冬至日，收到好友寄來的新筆和九九消寒圖。喜歡。十五年的朋友，夏贈回文扇，秋寄山海圖，如今冬至還沒到，就有人盼著和你一同數九。

晚上丈夫附贈鳳梨炒飯和看娃福利，才說伸胳膊愜意一下，這父女倆就進來一通倒騰。無奈到一旁乾瞪眼，可眼前的畫面這樣美好，最愛的人，還有暖氣、網路、牛奶、琴曲一同相守。除了廚房還有一池子碗沒洗，以及一家三口的筆墨都不忍直視之外，簡直不能有更完美的冬夜了。

圖上是北方消寒圖最傳統的式樣，薄薄一張宣紙上面印著九個九畫的字：「亭前垂柳珍重待春風」。此時天愈發冷下去，別說柳樹，天地間大多數生靈都沉睡著。等待是這個時候的主題，晨曦在等待長夜，蟄蟲在等待甦醒，花苞在等待溫暖，候鳥在等待歸來，亭前垂柳，也在默默積蓄著力量，等待來年春風又綠。

「亭前垂柳珍重待春風」，我是童年時在姥姥家中的牆壁上看到這句話的，九個字都是繁體，橫豎三三，紅色的楷體字落在有些泛黃的老紙上，展平後被玻璃框裱了，再端端正正地掛在牆上。當時還以為是姥姥摹寫她喜歡的詩，小時候常臥在外婆床上望著這九個字發呆，亭前、垂柳、珍重、春風，幾個溫暖又有點傷感的意象，就這麼在心裡寫了無數遍。長大後，記不得哪一天就突然知道了，這並不是詩，而是北方舊時冬至日裡的一種風俗，由姥姥的母親在某一年的冬至後一筆筆親自寫下。這九個字既是一句詩意的話，也構成了一幅詩意的圖，圖名就叫「九九消寒圖」。

冬至後要「數九」，是從古代一直延續到如今的風俗。「冬至日數及九九八十一日，為寒盡。」從冬至日算起，每九天算作一「九」，數夠「九九八十一天」，凜冬的冷沉便會被春日的第一縷暖光刺破。按照傳統的說法，「九」是最大的數字，代表著「最多」「最大」與「最長久」。而這「最長久」，倒跟眼下這難挨的寒冷的氣質十分吻合，四季時間原本等長，但比起嚴冬，其他三季總顯得要性急得多，你扯都扯不住，倏忽一下子就過去了。但寒冷砭人肌骨，切膚的感受難以忽略。以前沒有空調和暖氣，這時節人要靠熬。不知是誰想到這無奈而聰明的辦法，將無盡的嚴冬平分作有限的九份，比起不知終點地一天天等，這樣一九一九地盼，多少可期一些。

誰能想像這種務實之下，竟會催出九九消寒圖般的風雅呢？人在歲時裡積攢下的耐心，全都凝聚在這樣的精緻中。姥姥牆上的九個字，是清道光帝時從宮中傳出的句子，一句九言，一字九畫，數九的八十一天裡，每一天填過一筆，每一九完成一字，等到九個字全部寫完，暖春便接踵而至。於是，那張斑駁的黃紙就不再是一張普通的字紙了，當年還是女兒的姥姥，曾竟親眼看見母親在這張紙上一筆一畫地寄予下家族對歲時的鄭重。

鄭重是一樣的鄭重，但不同人所營造出的細節卻各不相同。消寒圖不只有文字這一種樣式，還有花卉、圖形等形制。寒冬雪月裡描花樣子，再沒有比梅花更合適的了。《帝京景物略》中記載有北京城舊日的風俗，冬至日繪一枝素梅，上有九九八十一片白瓣，過一天則染紅一瓣，仿佛春紅漸染，等到數九過

去，梅白就變了杏紅。「試數窗間九九圖，餘寒消盡暖回初。梅花點遍無餘白，看到今朝是杏株。」人們仿照著自然中溫色的交變落筆，冷凝的時空也變得清潤起來。區區幾筆梅花圖樣，雖消不了室外的清寒，卻消得了俗世中忙亂的虛寒。年關新舊交替、唯恐虛度光陰的不安落在紙上，也總算有了著落。據說舊時還有一種更方便也更浪漫的塗法，女子曉妝時，每日用胭脂一點，隨意往窗上線描的梅花上那麼一塗，叫「曉妝染梅」，很有舊日閨閣的繾綣風味。

當然，消寒圖也不總是這麼精緻文藝的畫法，以往民間還流行一種銅錢繪。沒有那麼多複雜的道道，這種圖很實在，也很有煙火氣。九欄格子裡每格有九個銅錢，按天數填塗，有些細緻的人還會標上天氣，上陰下晴，左風右雨，雪當中，於是九九八十一天這樣變化下來，整個畫面就會變得異常斑斕好看。

儘管蘊藏著這麼溫暖悠遠的生活趣味，但消寒圖在如今確實很少能看見了。幾年前似乎有種塗色遊戲曾風靡一時，甚至還集結成紙書出版。精緻的黑白線稿，再配上色彩齊全的彩色鉛筆，有的還會附以細緻的配色指南，這樣不需要什麼美術功底，也可以輕鬆實現完成一幅漂亮的美術作品的成就感。我沒有參與過這樣的遊戲，總覺得這屬於人為營造的刻意，好看是好看的，趣味也有，但總不夠自然。但誰幼年時還沒玩過塗鴉呢？只是屬於我的那份記憶，總與時序相連：春天被外頭的青翠嫣紅撩動，難免忍不住要在美術本的白紙上塗抹各種花花草草；夏日裡伏在書桌上，手上沾著的冰棒的花顏色在白紙上烙下一個個爪印；秋天是粘貼畫的盛宴，別的季節就看不到世間竟有這麼多顏色的樹葉！春的蔥蘢與夏的濃碧將它們遮蓋住了，只有到了秋天，它們才會一股腦兒地冒出來，經過兒童的心手，被聯繫成斑斕各異的種種事物。直到冬至，外界再不能給眼睛提供多餘的熱鬧，萬物蕭瑟下去，天地間的冷氣漫上來，再不安分的身體，也不得不回歸到溫暖的火爐旁。但畫筆卻不必停下來，小時候每年此時，姥姥都會帶著我們繪製一年一度的消寒圖。她從自己的母親那裡繼承下的類似於「亭前垂柳珍重待春風」式的精巧，使她隨時隨刻都仔仔細細地經營生活。忘不了最無憂無慮的那些深冬，曾跟著她一起描過八十一天的梔子花、月季花和茉莉花的樣子，偶爾還夾雜有書籍、鳥雀與風鈴……她將她心愛的一切鄭重地融作消寒圖的新式樣，手把手地傳給她心愛的孫輩們。那些花樣隨著「一九」「二九」「三九」，一點點從蒼白渡向斑斕，記憶隨之扎向更深處，而那些逝去的時光，也在這無限溫柔的變化中，悄然凝固了。

那種感覺就像什麼呢？恰似亭前垂柳珍重待春風。

✻臘八粥，淡中有其真滋味✻

生日趕上小寒日和臘八節，多少有點特別。下班後和丈夫吃飯，燒烤店都不忘送臘八粥，丈夫笑著恭喜我，看來要迎來老天賞飯吃的一年。借他吉言。

吃完飯一起慢慢地從北關往永寧門走，和好多年前一樣。害怕不害怕，不知不覺間就有了這麼多「好多年前」。曾在城牆邊住過快兩年，那時兩個人都沒這麼忙，下班了沒事，總愛一起這樣沿著城牆散步。生辰夜當然要找找儀式感，就沿著當年常走的路往回走，經過夜下城，看過梅間月，喝過桂花酒，買來七種花。然後回爸媽家吃完蛋糕，接回孩子。

是不太可能忘記的日子，雖然它這樣尋常。那便再往時光深處探一探。關於小寒，《月令集》裡這樣描述這個節氣：「小寒，十二月節。月初寒尚小，故云。月半則大矣。」冬天開始進入最寒冷的時候，人們也終於等來了農曆的最後一個月。單是這樣也不見得有多特別，特別的是今年小寒，恰逢臘八節。

臘八節就是農曆十二月初八，古人將一年最後的一個月稱為「臘月」。「臘」

從字形上就能看出與歲時節候並無關係，東漢《風俗通義》中說：「臘者，獵也，言田獵取禽獸，以祭祀其先祖也。」所以，「臘」和古時人們歲末祭祀之事有關，十二月因此得名。而十二月初八為臘日，被人們定為古代祭祀的重大節日：臘八節。這一天不僅要祭祖，還有五祀，就是要祭祀家中門、戶、井、灶、室中霤五處。而其中最有名的祭灶神的習俗，直到現在還有一些地方保留著。

但其他的祭祀活動現今都不常見了，臘八節留存於今最有名的習俗還是喝臘八粥。這一風俗延續了很久，《東京夢華錄》中寫南宋時的臘八節，其中最典型的一幕就是這個。「初八日，街巷中有僧尼三五人，作隊念佛，以銀銅沙羅或好盆器，坐一金銅或木佛像，浸以香水，楊枝灑浴，排門教化，諸大寺作浴佛會，并送七寶五味粥與門徒，謂之臘八粥。都人是日各家亦以果子雜料煮粥而食也。」在傳說中，臘月初八是佛祖菩提樹下成道之日，所以被佛門奉為成道節。當時所有的佛寺都會在這天清早煮粥供佛，並廣送門徒。時值歲末，古時人們講究在這時「合聚萬物而索饗之」，也就是把很多事物合在一起囫圇吞下，很有點年終總結、調和萬物的味道。《燕京歲時記》中記載了清代的臘八粥做法，其時這種粥已在中國延續了幾千年，該是發展得比較完備了。「用黃米、白米、江米、小米、菱角米、栗子、紅豇豆、去皮棗泥等，合水煮熟，外用染紅桃仁、杏仁、瓜子、花生、榛穰、松子，及白糖、紅糖、瑣瑣葡萄，以作點染。」且不說香和味如何，單想像這一碗粥斑斕的色彩，就很給人歲月交匯，萬物融合的感覺，很適合臘八這個節日。

就像元宵節要吃湯圓，冬至要吃餃子一樣，在臘八節裡吃上一碗臘八粥，節日的儀式感就這麼保存了下來。粥是人們吃了幾千年的食物，但平時吃的粥卻不像臘八時這麼多花樣。人們日常飲食裡主要還是以白粥為主，看著平淡無滋味，做起來看似也比臘八粥要簡單。但實際上卻不是這樣，袁枚在他的《隨園食單》裡這麼說：「見水不見米，非粥也；見米不見水，非粥也。必使水米融洽，柔膩如一，而後謂之粥。」想達到「水米融洽，柔膩如一」的境地是不容易的，除了材料分量要把握好外，時候火候的掌握也是非常重要的，所以叫「寧人等粥，毋粥等人」，稍不留意，好好的一鍋粥就味變湯乾了。值得一提的是，有情致的人，就算在淡極的白粥中也能翻出花樣來。宋代林洪的《山家清供．梅粥》中記載了一種「梅粥」，做法和白粥沒大差異，只加了一點浪漫的小心機，「掃落梅英，揀淨洗之，用雪水同上白米煮粥。候熟，入英同煮」。白粥的清淡和梅花的冷香相得益彰，同時還不破壞白粥的淡味，這種巧思，不是風雅極了的人不能理解，怪不得楊萬里要作詩：「纔看臘後得春饒，愁見風前作雪飄。脫蕊收將熬粥吃，落英仍好當香燒。」

古人覺得，粥味平淡，但淡中才有它的真滋味。如果有時不想吃米，用些穀類豆類也是可以的。比如「夏用綠豆，冬用黍米，以五穀入五穀」，也是不錯的吃法。《後漢書》中有一個故事，說當年光武帝劉秀在戰敗奔逃、饑寒交迫之際，臣子馮異設法替他弄來了一碗紅豆粥，使他念念不忘。大文豪蘇東坡也有過貧老無依時煮豆粥吃的經歷：「豈如江頭千頃雪色蘆，茅簷出沒晨煙孤。地碓舂粳光似玉，沙瓶煮豆軟如酥。我老此身無著處，賣書來問東家住。臥聽雞鳴粥熟時，蓬頭曳履君家去。」雖然身在困窘中，但只要還有那一鍋待熟的豆粥等著，就依然讓人有底氣悠閒自得地生活。

雖然同是粥，但像那「為鴨粥者，入以葷腥；為八寶粥者，入以果品」的，就不太得人們的青睞了。人們覺得，這些看似取巧花樣百出，但都失去了粥的正味。所以臘八粥這樣的混合品，在特定的日子裡作為儀式食品還好，要是讓人天天食用，就不得宜了。

✳ 大寒天，凍不掉的小趣味 ✳

今日大寒，一年中最後一個節氣。因為趕上新春將至，這時節顯得有些匆忙。這匆忙裡還有告別歲時的意味，春節後，新一輪的二十四節七十二令將繼續循環。冬至後氣候一天冷過一天，大寒又與小寒相對，於是《月令集》中說：「小寒，十二月節。月初寒尚小，故云。月半則大矣。」這和夏至後的大小暑又互為極端。宋朝有位叫釋道生的法師曾寫過這樣一首偈子：「兩曬劈箭急，一年彈指間。始見大暑小暑，又是小寒大寒。通身寒暑無回互，笑倒當年老洞山。」輕鬆道盡了自然加諸人世的極寒與極暑，但比起暑熱，極寒似乎更讓脆弱的人體難以承受，所以即便一層層地裹著還嫌不夠，大多數時候，人們還是更願意藏身於有暖氣的房間中。

現代人有各種抵禦寒冷的手段，燒得火熱的暖氣就足夠消除冬與春的分別。但在古時候，人們顯然就沒有這樣的福利，那樣的時代，古人雖時刻都在用心體會自然，但對自然的干涉能力實則非常有限。天地寒暑的日子裡，人們大多是靠忍受、避走和一些很微弱的抵抗。北宋哲學家邵雍的〈大寒吟〉描摹了人們在大寒時節的情狀：「舊雪未及消，新雪又擁戶。階前凍銀床，簷頭冰鐘乳。清日無光輝，烈風正號怒。人口各有舌，言語不能吐。」在這樣天寒地凍的時刻，薄薄一扇房門根本隔不開屋外的冷冽。即便有「臘酒自盈樽，金爐獸炭溫」，可依然是「朝披四襖專藏手，夜覆三衾怕露頭」。「寒氣之逆極，故謂大寒」，這可是真能凍死人的日子。照理說，人們都該本能地避開，但要仔細想就能發現一個非常有意思的事實：自古以來，許多人其實並不那麼排斥冬日的大寒，有的人甚至還會有幾分莫名的期待。

就像乍看到「暖香」「冷香」，人們下意識地會覺得「暖香」顯得有些過於濃郁，而「冷香」則更沁人心脾。冷香的代表是梅花香，人們對梅花的喜愛不必多說。尤其是雪後尋梅，千百年來都被當作「野客之閒情，文人之深趣」。但梅花要何時才能來呢？唐代高僧黃檗說：「不經一番寒徹骨，怎得梅花撲鼻香？」這是「大寒徹骨」後頭的驚喜，悠悠一襲梅花開，引得人「不管清寒與攀摘」，怪不得冷也不顧了。明人陳繼儒在《小窗幽記》中寫自己在極寒天裡賞梅的意趣，「黃昏月下，攜琴吟賞，杯酒留連，則暗香浮動、疏影橫斜之趣，何能有實際。」這種明明不像真的，卻又給人極致的感官衝擊的景致，除了這極寒天氣，誰還能塑造出來？

大寒帶來的驚喜何止這些，極寒之下，「四林皆雪，登眺時見絮起風中，千峰堆玉；鴉翻城角，萬壑鋪銀。無樹飄花，片片繪子瞻之壁；不妝散粉，點點糝原憲之羹。飛霰入林，回風折竹，徘徊凝覽，以發奇思。畫冒雪出雲之勢，呼松醪茗飲之景。擁爐煨芋，欣然一飽，隨作雪景一幅，以寄僧賞。」人們在積雪的山中看雪、看冰、看朔風折竹，圍爐烤火，喝酒飲茶煨芋頭，整個身體都仿佛被這清蕭之氣洗刷乾淨了。怡然之餘，再取丹青繪一幅雪景，寄予山僧。這樣的好情致只在深冬歲餘的大寒時節才有，人們當然珍惜。

那麼，作為這好情致衍生品的「雪景一幅」，又當是什麼樣子的呢？每個人腦海裡都會浮現不同的畫面。清人李漁腦海中是這樣的：「人持破傘，或策蹇驢，獨行古道之中，經過懸崖之下，石作猙獰之狀，人有顛蹶之形者。此等險畫，隆冬之月，正宜懸掛中堂。主人對之，即是禦風障雪之屏，暖胃和衷之藥。」這是一種相當高級的精神寬慰了，在能觀賞雪景的室內，幻想著路上行人的風雪之苦，再回看自己的好處境，即便是冰雪交加的大寒天，也不會覺得太冷了。這是古人的生活態度，不管在什麼情境中，四時有四時的真樂，不瀟灑終為忙人。

當然，這些畢竟是文人的風雅樂事，不可能人人這樣，大多數的百姓可能還是更希望這極寒的天氣趕緊過去，才有利民生。就像白居易詩中「伐薪燒炭南山中」的賣炭翁，「可憐身上衣正單，心憂炭賤願天寒」，提起這個，不免又讓人有些沉重了。

✻ 西風吹冷沉香篆 ✻

應該很少有不喜歡香氣的女性。如今走在街上，和不同的女子擦肩而過時，鼻息總能迎來一次次的外來之客，頃刻間被不同的香氣縈繞。我不喜歡太過於霸道濃烈的香氣，每次這種高度提純的氣味灌入鼻中，腦子裡頃刻就將它們同商場櫃檯後擺放的那些刻有英文字母的玻璃瓶聯繫起來。我喜歡清淡些的味道，更渴望接近和來自自然的香，能讓人想起花木，想起雲水，想起夏天的風，冬天的雪，想起一些懷抱的溫度。

古人用香已久，宋代丁謂《天香傳》中說：「香之為用，從上古矣。」從先秦時開始，人們就已經發現香的存在了。一開始應該是偶然的，中原地區的人們在勞動的過程中，無意間發現了那些好聞的植物。他們希望能經常聞到它，於是便記錄了下來。蘭、蕙、艾、白芷、香桂等，都是當時有記錄的香草香花，《詩經》中常能見到它們的蹤跡。不同於中原地區原生的香花香草，在遙遠的邊陲，比如交州、廣東、崖州及海南一帶，則出產經過加工的香料品種。這些香品作為貢品等漸漸流入中原，比如沉香、檀香、龍腦香，等等。漢代後期，域外還傳入一種叫作薔薇水的香料，這應該屬於早期的香水了，給當時常用香花香草的中原人帶來了蒸餾提香的概念。因為一直是由域外傳輸，因此一直到漢唐，人們提及香，依然覺得它是南海等地的特產。直到再後來，香料的品種漸多，也越發普及開來，比較全面的香譜才漸漸出現。

香在古人生活中占的分量很重，它不僅是當時人用來美化生活的用具，更能修身養性、陶冶情操。香料多從域外傳入，產量稀少，所以價格昂貴，不是平民百姓用得起的，因此在早期，多只能用來裝點富貴人家的生活。這些香料的名稱千奇百怪，龍腦香、沉水香、雞骨香、乳香、蘇合香、迷迭香、龍涎香、木樨香等，用詞活潑又綺麗，儘管今人少識其味，但單從視覺上，亦都能感覺到這些香料的濃郁奇異。這些香料大多取材自域外的奇異花木，比如被譽為四大香中聖品之一的龍腦香正是來源於一種龍腦香樹。各種古籍中這樣記載這味香料：「唐天寶中交趾貢龍腦，皆如蟬蠶之形」「出波斯國，樹高八九丈，大可六七圍，葉圓而背白，無花實。其樹有肥瘦，瘦者出龍腦香，肥者出婆律膏」「婆律膏是根下清脂，龍腦是根中乾脂，味辛香人口」。龍腦香是古代貴族常用的香料，因其品貌明淨如雪，因此也被稱為冰片。唐代時外邦曾給宮中進貢過這種香料，唐玄宗賜給楊貴妃，楊貴妃用這種香料熏衣，相傳香氣能達十餘步遠。隋唐之後，這種香料更是源源不斷地從域外通過海上絲綢之路傳入，李清照的名詞〈醉花陰〉中的那句「瑞腦銷金獸」中，寫的正是這種香料。

各種香料流入中原後，古人漸漸不滿足於單用各種香料，便開始製香調香。比如南唐後主李煜的「帳中香」，就有各種各樣的調法。比如用「沉香一兩（剉細如炷大），蘇合香（以不津瓷器盛），以香投油，封浸百日……入薔薇水更佳」，除了沉香，他常用的香料還有龍腦香、丁香、零陵香、甲香、麝香等。有時他想聞帶有甜味的香氣，便命人將梨汁加入香料中。還有著名的「花浸沉香」，更是要取來盛開的鮮花來蒸餾，再將花汁浸入沉香之中。小小的娛物，竟能花如此多的心思去琢磨，怪不得能寫出那麼多如「臨春誰更飄香屑」般的詞。或許只有整日浸在香與豔中的人，才能將香豔寫得那麼鮮活。這樣的人能夠盡情地挖掘生活中的美，可以做個富貴閒人生活藝術家，卻不可能是一個合格的君主。

不惟各個品種的搭配，古代香料的形制也有各種講究。「西風吹冷沉香篆」，描寫的就是香的一種形制，篆香。篆是「篆刻」的意思，顧名思義，篆香能形成各種圖案。它是把各種香料先磨成香粉，再用模子印刻圖文。著名的「心字香」就是一種篆香，人們將香末用模子刻成心字，這就是「銀字笙調，心字香燒」，還有納蘭容若的那句「心字已成灰」，指的就是心字香燒盡成灰的模樣。古代番禺人有種製作心字香的方法，「用素馨茉莉半開者著淨器，薄劈沉水香層層相間，封日一易，不待花蔫，花過香成」。這個過程將自然和人力合而為一。篆香在古人的居室生活中還有計時的功效，既可以記錄四季二十四氣，也可以記錄時辰。

跟今人大多在身上噴灑香水不同，古人玩香、品香、用香也都有特定的器具。比如以博山爐為代表的香爐、香盤、薰球、香囊等，大都精緻無比。來自天然的香品被珍重地裝入人們精心製作的器物中，隨身攜帶，隨時賞玩，這整個過程，由頭至尾，始終是有香氣的。

◆✻ 日晷影，更漏聲 ✻◆

這幾個晚上總是失眠，在格外寂靜的深夜中，鐘錶指針走動的聲音愈發顯得清晰了起來。滴答，滴答，滴答，雖不至造成什麼干擾，但聽著這規律的節奏，神志卻控制不住地越來越清楚起來。原本無形的時間仿佛凝成了形跡，附著在這一下一下的聲響中。

從意識到時間開始，現代人就會發現生活中到處都是錶的痕跡。一件事到另一件事的過程，一個地方到另一個地方的旅程，有了能夠計時的用具，本來不可控的好像也變得可控，本來無法觸摸到的似乎也可以捕捉了。

這是人們對於掌控自己生活的需求，即便在現代科技覆蓋不到的古代，人們也無法放任自己對時間的混沌。這是對生活的把握，更是對生命的安全感。漢代的《古詩十九首》裡唱道：「所遇無故物，焉得不速老？」人生來不能永壽，因而懼怕老和死，即便怕沒有用，人們還是需要知道歲月是如何流逝，老是如何到來的。計時工具還沒有產生的古代，好在天上還有日月，日升月沉的變化規律而明顯，於是一天一天、一月一月的流逝便有了記錄的方法，人們也因此得以看天知時。

久而久之，日晷產生了。如今我們仍能在一些大型古建築之中發現它的痕跡，故宮正殿乾清宮前，就有一座巨大的日晷。雕刻精美的巨石圓盤上，清楚雕刻著「子、丑、寅、卯、辰、巳、午、未、申、酉、戌、亥」十二個時辰，一根筆直修長的銅針穿出斜指天日，陽光穿過晷針，在圓盤晷面上投射出清晰的針影，人們便根據這道針影來計量時間，「日晷」的本意，也正是「太陽的影子」。古代日晷有地平式和赤道式兩種，地平式日晷的表面與地面平齊，指標與表面呈一個夾角，這個夾角也就是當地的緯度。而赤道式日晷的指針與表面則呈垂直向，但表面本身則與赤道平行，與地表呈傾斜角。赤道式日晷在中國歷史上最為經典也最為常見，乾清宮前的那座日晷就屬於這種形制。這種儀器的產生並沒有如現代般方便高超的科技支撐，完全是依賴於古人長時間的耐心下凝結出來的經驗和智慧。

日晷作為這麼重要的白日計時儀器，理所當然地成為古人心目中時間的象徵。古人們日常相逢聚在一起，「共說無生話，不覺日晷移」，拿日晷上影子的移動代表著時間的流逝；日晷的變化還能表明季節的變化，《周髀算經》中說：「故冬至日晷丈三尺五寸，夏至日晷尺六寸。冬至日晷長，夏至日晷短。」界明了日晷在不同季節中的長短變化，宋代詩人王之道也曾在冬至這一天作詩道：「日晷漸長端可愛，霜華增重不勝清。」日晷有時還會變作耳提面命的光陰使，王安石給皇帝上書：「迫於日晷，不敢久留，語不及悉，遂辭而退。」以日晷為名，實則是迫於飛速流失不可逆轉的光陰。

顧名便知，日晷只能在有太陽的日子裡使用，若遇到陰天下雨，或是在漫漫長夜中，這種儀器便沒有用武之地了。但這也難不倒真正有需求的人，古人的夜裡有更漏。更漏也是一種古老的計時器具，也叫漏壺。漏壺的原理簡單，早期人們會給漏壺中裝入一枝有刻度的木箭，當水從壺裡漏出時，壺中的水位下降，木箭會隨之下沉，人們便借木箭所指的水位來觀測時間。這種叫作洩水型刻漏，如果說日晷多少還要依靠自然的外力，更漏就純粹是產自於人們的智慧了。後來人們又將這種儀器升級，發明出受水型的漏壺，記錄時間比之前更為精確了。

既然已到了夜晚，精不精確其實也不那麼重要。白天已經夠忙碌了，夜晚也就沒有必要那樣分毫必較。就像晚上失眠時的鐘錶，那一下下滴答聲也不是為了精確聽時，更多是在那周而復始的聲音中，照見不眠人的心事。無論是「都人猶在醉鄉中，聽更漏初徹」「兀坐爐香心亦靜，閒聽更漏夜遲遲」，還是「酒盡露零賓客散，更更更漏月明中」，都只是一種不細較的暗夜心情。夜越長，更漏越永，更漏便比白天的日晷更具幽深靜謐的氛圍。「展不開的眉頭，捱不明的更漏」，誰沒有過這樣的夜晚，沒有過這樣不眠聽更漏的心情。

圍爐夜話

每年年關的儀式感，來自清掃，買花，看丈夫寫新對聯。今年的年夜飯在我爸媽家吃。爸媽家的年夜飯有幾十年如一日的制式，完全插不上手，下午就拉著丈夫去附近山中轉轉。

去冬末春初的輞川。在白家坪村口停車往裡走，道路兩旁的牆壁上，王維的詩畫已經繪完。牆畫和眼前的終南山意融洽，古樸得好看。路遇村裡的老人在家門口貼春聯，跟鄰居說笑抱怨，今年兒女不回沒啥年氣兒還過什麼年。

山中無人，卻也有無人的熱鬧。今年白皮松林長勢茂盛，高樹梢頭落著各樣美麗的鳥，千年銀杏下的岩石縫裡，白色山桃早早盛開。在鹿苑寺的石碑前放下一束紅豆和一篇手抄的王維詩文。但因為字醜，丈夫數年如一日地嘲笑著。

感覺到悠遠又深靜的喜悅。回程見一座沒人的老房子，看到門楹上古老的祈願，和背後古老的節日，更古老的山。

宋朝有個叫釋道生的法師曾寫過這樣一首偈子：「兩曜劈箭急，一年彈指間。

始見大暑小暑，又是小寒大寒。通身寒暑無回互，笑倒當年老洞山。」古遠而有禪意，一年就是這樣在不知不覺中無聲交替。年中我們是來不及留意的，必得是這一年將尾的大寒時節，諸事暫消，萬籟俱寂，你才終於有空來感嘆匆匆的時節。年年大寒總與春節緊粘，天地逆極的寒氣與年前火熱的氛圍奇妙地撞在一起，因為人人心中都有期許，身外的嚴寒也就不足為意了。而這心中的期許，恰恰與世間溫暖親密的情感相連。心中最掛念的那些人，此時又能相見了。

記憶中年關相聚，最好的樣子當屬圍爐。圍爐一詞，在今天聽來難免有些陌生，如今人家裡都有空調暖氣，很少能見到取暖用的火爐了。但我們這一代，卻都有著童年時爐邊取暖的記憶。那時候還沒通暖，家裡燒的都是蜂窩煤，爐子中有煤道，一側有煙囱，爐子上常坐著水，水壺邊偶爾還烤著餅子。蜂窩煤這個名字取得很恰當，端整的一塊塊小圓柱體，通體黑亮，當中均勻分布著幾個小孔，可不就是一個精緻的小蜂窩嗎？媽媽勤快，家裡現成的煤總是摞得高高的，火鉗子從當中兩個孔中穿過去夾起，再送到已燒得通紅的爐道中。年年冬天，我們就圍坐在爐邊，邊聊天邊喝熱茶，配上烤得酥軟的餅和薯。偶爾從一樁趣事或者一則八卦中抬頭，就見外面的風透過窗子的縫隙穿進來，掀得玻璃上的塑膠紙微微抖動，發出細微摩擦的嗦嗦聲。但寒氣卻沒有跟著進來，而是被眼前的一爐腔火隔絕在外。有幾年回老家，家中的老人更是早早就將土炕燒得熱熱的，大家脫了鞋襪一同偎上去，在寒冷中享受這一隅的踏實與愜意。那樣的場景我至今仍歷歷在目，那麼家常的樣子，血脈至親的人，一切都是我心頭所愛，曾以為會長長久久地這樣下去。不承想，當時只道是尋常。

想來圍爐的傳統，應該與人類聚居的時間一樣悠久了。或許那時沒有成型的火爐，只是幾根樹杈一叢篝火，也足夠讓人圍坐。人總不能一直行進在路上，總要有停下來的時候，人們也不能總是分開，總要有相聚的時刻。圍爐正是給人們提供了這休憩與團聚的契機。清代有本叫《圍爐夜話》的書，作者在序言裡說：「寒夜圍爐，田家婦子之樂也。……余識字農人也，歲晚務閒，家人聚處，相與燒煨山芋，心有所得，輒述諸口，命兒輩繕寫存之，題曰《圍爐夜話》。」這畫面很溫馨，歲晚寒冬，年節漸近，一年的匆忙終於結束，新一輪的煩冗又尚未到來，一家人可以聚坐在一起，煨著芋頭聊著天，德高望重的老者跟子侄們說著些閒閒的話，舊事與新事，見聞與心得，都在一點一點地，傳遞著他在過去歲月中沉澱下的些許價值。

爐火還將這本該蕭條的時節渲染得溫馨浪漫起來，不只是和親人，有好友來，也要好好地歡聚一番。宋代有首〈寒夜〉詩，描寫了千年前的一場圍爐事：「寒夜客來茶當酒，竹爐湯沸火初紅。尋常一樣窗前月，纔有梅花便不同。」溫情脈脈的相聚之外，又為我們添上了一點浪漫的期待。的確，大寒一過，人們一年中最重要的節日也接踵而至，而梅開天下之春，北國的梅花此時也終於要開了。於是，人們在爐邊插上幾枝梅花，為這場聚會點染上陣陣梅香，增添些許別致清韻。

一年中沒有幾次這樣的時候，大家坐在一起回顧這一年，盡是說不完的話。我亦會在此時回望歲時。從春雨驚春，到夏滿芒夏，過秋處露秋，再到寒冬臘月蒼茫的大小雪，天地間的生滅變化、人世間的興衰更迭，都默默融化在這四時的輪轉中。二十四節氣已流傳了幾千年，戰國的古籍《逸周書．時訓解》中，就已有了相當成熟的二十四節氣物候。隔著兩千多年回看，當時人們在一年中所看到感受到的，和今天的我們毫無二致。立春後，風漸漸開始不那麼冷了。雨水後，鴻雁北，草木萌動。再過一個月，桃花忽然就開了，還沒來得及驚訝，枝頭黃鶯都開始叫了。又過了幾天，老鷹不見了，布穀鳥卻站在梢頭，是老鷹化作的嗎？……春天很忙，春種似乎還沒結束，轉眼就立夏了。夏天是從螻蟈的鳴叫和蚯蚓的甦醒中到來的，而後天一天天熱起來，大暑過後，腐草化為螢，空氣越來越炎熱，土地越來越潮濕，時常有大雨傾盆而下……這一場雨沖散了暑氣，立秋這一天，吹到臉上的都是涼風了。早上出去能看到路邊草木上滾著晶瑩的露水。而後鴻雁來賓，菊有黃華，草木凋落，摧枯拉朽的衰敗一下子就侵襲過來……一天比一天由涼轉冷，倏忽間竟落下雪了，雪後虹藏不見，地上的氣息越來越陰冷，天地漸漸凝結，年歲也到了尾聲，人們從四方歸來，在爐邊團團圍坐……疲憊的筋骨在爐火的溫暖中得以舒展，於是人們懶洋洋地開始回憶，這一年又發生了多少事？又經歷了哪些離別與重逢？當初心頭的那個夢，此刻是更近了還是更遠了呢？

我實在深愛這四時中默默發生著的一切。這些年一直沒有間斷關於節氣的觀察與書寫，從新年立春時綻放的第一朵梅花，一直寫到歲末房中的最後一捧溫暖，生命不可逆地向同一個方向行進，自然卻永遠連綿不絕。看似是相類節物的周而復始，但我們卻難免在這一輪一輪的更替中慢慢老去。這時節帶來的種種儀式感，值得我們珍惜。歲末靜好，大家不妨停下來，而珍視的人一起圍爐而坐，共同回顧這一歲中新的往事。

後記

這些文字大多都寫於二十八歲前。二十八歲這年我有了女兒，生命狀態的變化，連帶著文字也會發生改變。並不是說做了媽媽就是什麼了不起的成就，只是隨著這小生命的到來，不知不覺就會牽扯進更深的生活。等你在某個瞬間覺察到，自己依然是一個獨立的個體，可從前天地間的一切，無形間已悄悄改變。儘管仍是和從前一樣的四季，一天依舊只有那二十四小時，目之所及的景物似乎也總還就是那些，但心境卻隨著身分的成長而變化，再回不到簡單的當年。

這是一部關於風物的小集，斷斷續續地，記錄了我對風物一點淺顯的所閱、所感與所知。因為多來自報刊約稿，因而文史知識或多強於個人感悟。在這個紛雜的時代，這些文字及它們所描述的景物明顯有些舊了，或者說是尋常。桃花，雨簷，河川，明月，蟹，茶與酒，松柏和山雪，甚至還有消寒圖、《月令集》這些，都已不太是現代人眼中的新鮮風景，而是裹挾著一身古意，從「詩」「騷」時代起被反復地傳唱，或者做進丹青裡妥帖收藏的。而一個世紀以前的有識之士辛苦掀起的新文化運動，就是為了打開人們的視野，將更新鮮生動的表達還給千年來被迫閉目塞聽的普通人們。而本書中所錄的種種細碎，不僅如今看來並無新意，就是放到一個世紀前，也是有些舊而瑣細的。絮絮叨叨，要將本就不夠開闊的自己束縛回狹小的舊籠子中去。我都可以預料，多年後回看肯定會覺得汗顏。但我的朋友，同時也是我當時的編輯卻勸我說：「表達本身就有意義，起碼對自己。」

這話多少給了我一些信心，加上文字本就是有求生欲的，縱然相似的內容已經有了千萬種表達，但眼前的這十萬字，卻是世間一份獨屬於我自己的心路。它多少記錄下了一個年輕的中國女孩，在最平凡的四時生活裡得到過的種種信息。

那個時候，生活還是輕盈的。花與雪，風與月，書與琴，都仿佛是這純淨歲月裡唯一重要的事。我會在春時賞花，還不能是路邊看到的隨隨便便的花，桃有桃開的地方，杏有杏落的山谷，還有近年來才慢慢見到的垂絲海棠，芍藥牡丹，都有它的所在。夏日裡要進山，既占著秦嶺、終南比鄰的方便，是一定要在那幾十個峪口中尋覓到風景最佳處。秋天得聽雨，如今高樓的房中是沒有感覺了，就去公園的石階上，佛寺的簷廊下。冬天要賞雪，曾走過好幾十里的山路，只為推門雪滿山的震撼。反正凡是生活過的地方遠近，都留下過我探訪遊玩的腳步。後來為人妻為人母，在生活的褶皺中體味到人生更深更真實的滋味。這些是當年很年輕時絕對感受不到的。所以這些文字對我來說的獨特也正在此，而從今以後，我應該再不會，也寫不出這樣簡單純粹的文字了。

於是便將這些作為輕盈的紀念吧，同時送給女兒丸子，為了在將來告訴她，媽媽曾經這樣幸運，毫無察覺間受到許多無聲的保護，才能有這一段純美寧靜的生活。

四時風物

桃花與蟹、簟紋與雪，那些隱然有序的天地大美

作　者　晏藜
插　畫　林瑋婷
裝幀設計　單宇
內文排版　陳又瑄
業　務　王綬晨、邱紹溢、劉文雅
行銷企劃　黃羿潔
編輯企劃　劉文雅
資深主編　曾曉玲
總 編 輯　蘇拾平
發 行 人　蘇拾平

出　版　啟動文化
Email：onbooks@andbooks.com.tw

發　行　大雁出版基地
新北市新店區北新路三段 207-3 號 5 樓
電話：(02)8913-1005　傳真：(02)8913-1056
Email：andbooks@andbooks.com.tw
劃撥帳號：19983379
戶名：大雁文化事業股份有限公司

初版一刷　2025 年 5 月
定　價　460 元
ＩＳＢＮ　978-986-493-208-5

歡迎光臨大雁出版基地官網
www.andbooks.com.tw

圖書許可發行核准字號：文化部部版臺陸字第 112151 號
出版說明：本書係由簡體版圖書《桃花與蟹——四季裡的風物中國》以正體字重製發行。作者：晏藜，出版發行單位：陝西人民出版社。

國家圖書館出版品預行編目 (CIP) 資料

四時風物：桃花與蟹、簟紋與雪，那些隱然有序的天地大美 / 晏藜著. -- 初版. -- 新北市：啟動文化出版：大雁出版基地發行, 2025.05
面；　公分
ISBN 978-986-493-208-5(平裝)
855　　114002050

福

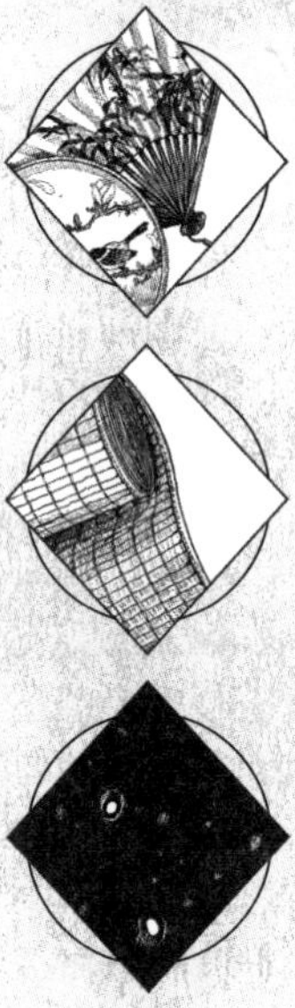

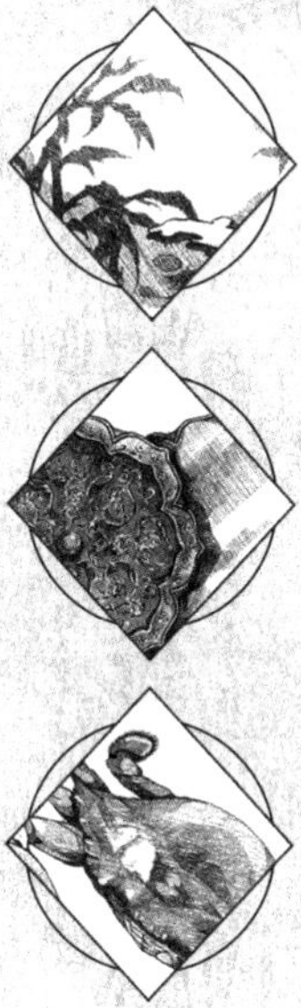

柳珍